W0238550

tatort

Todesbrücke

Dieses Buch ist ein Roman. Handlungen und Personen sind frei erfunden. Ähnlichkeiten mit lebenden oder toten Personen sind rein zufällig.

tatort

Todesbrücke

Kriminalroman von
Oliver G. Wachlin
nach einem Drehbuch
von Frauke Hunfeld

emons:

MIX
Papier aus verantwortungsvollen Quellen
FSC® C083411

Agentur: WDR mediagroup licensing GmbH
Kriminalroman nach der gleichnamigen ARD-Serie »Tatort«
ARD-Tatort-Koordinator: Prof. Gebhard Henke,
Leiter des WDR-Programmbereiches Fernsehfilm, Kino und Serie
Tatort-Drehbuchautorin: Frauke Hunfeld
Umschlagfoto: Anngret Plehn, PROVOBIS FILM
Umschlaggestaltung: Weusthoff-Noël, Hamburg (www.wnkd.de)
Druck und Bindung: CPI – Clausen & Bosse, Leck
Printed in Germany 2010
ISBN 978-3-89705-746-3

Wir bedanken uns bei der Redaktion des Rundfunks Berlin-Brandenburg für die freundliche Unterstützung.

Die Titelabbildung zeigt Dominic Raacke als Hauptkommissar Till Ritter und Boris Aljinovic als Hauptkommissar Felix Stark.

Prolog

Australien! Ausgerechnet Australien!

Felix Stark kochte innerlich. Er fuhr mit dem Dienstwagen die Stadtautobahn A 100 Richtung Tempelhof herunter, neben sich den gut gelaunten Kollegen Till Ritter, der gerade eine wunderbare Nacht mit irgendeiner russischen Jazzgitarristin verbracht hatte – na toll! Die Nacht war offenbar so super gewesen, dass der Cowboy jetzt nicht Auto fahren konnte wegen seines Restalkoholpegels. Stark musste ihn von zu Hause abholen. Dabei hatte er schon genug um die Ohren: Seine Exfrau Louisa war urplötzlich aus dem Nirgendwo aufgetaucht und hatte verkündet, die Ferien mit Sebastian verbringen zu wollen. Ganz exklusiv. Mit seinem Sohn! In Australien! Weiter weg ging's wohl nicht! Sechs Jahre lang war ihr der Junge völlig egal gewesen, hatte er nur ihrer Selbstverwirklichung als Künstlerin im Wege gestanden – Rom: Villa Massimo, später Florenz, Napoli, Assisi, *la grande inspirazione*!

Während er zu Hause den alleinerziehenden Vater spielen durfte, sich aufrieb zwischen Elternabenden, Schulkonferenzen, dem Führen des Haushalts und den Mühen konsequenter Kindererziehung, gepaart mit dem steten beruflichen Stress eines Kriminalhauptkommissars im mörderischen Berlin.

Und plötzlich, täterää, tauchte sie wieder auf und spielte die besorgte Mutter. Holte den Jungen von der Schule ab, ging mit ihm ins Kino, ins Theater, in irgendwelche Museen. Stellte ihm ihren neuen Freund vor, irgend so ein wahnsinnig sympathischer, irre eloquenter Galerist, der den Jungen angeblich sofort ins Herz geschlossen hatte – nee, Stark war außer sich, nicht mit ihm!

Ritter grinste. Er lehnte im Beifahrersitz, schwärmte von seiner scharfen Musikerin. »Nadeshda hieß sie, und zunächst haben wir Krimsekt getrunken, dann Wodka, und dann ging's zur Sache, sage ich dir, großartig.« Wer solche Nächte hatte, brauchte keinen Schlaf mehr.

»Auf einmal entdeckt sie ihre Mutterpflichten. Auf einmal fällt ihr ein, dass sie noch einen Sohn hat«, regte sich Stark auf. »Als ich gestern nach Hause komme, hocken die schon in meiner Küche: Meine Ex, ihr Neuer und Sebastian, und schnippeln einträchtig Gemüse!« Wütend haute er aufs Lenkrad. »Das Kind wird angeblich nicht ausgewogen ernährt, weil ich nicht richtig kochen würde!«

»Ja«, nickte Ritter hungrig, während der Wagen im dichter werdenden Berufsverkehr durch den Tunnel am Innsbrucker Platz fuhr, »Kinder brauchen Vitamine! Ich auch.« Er sah Stark aufmunternd an. »Wie wär's jetzt eigentlich erst mal mit einem richtig ordentlichen Frühstück, mhm?«

»Auf einmal weiß sie einfach alles besser.« Stark blinkte links, um ein paar Lastkraftwagen zu überholen. »Auf einmal fragt sie sich, was mein Sohn eigentlich macht, wenn ich arbeite.« Er fädelte sich wieder rechts ein und sah Ritter an. »Du, das hat sie die letzten Jahre nicht interessiert.«

Links zog ein riesiges Möbelhaus vorüber, vorn tauchte der Südbahnhof auf. Eine kleine Brücke spannte sich über die Autobahn. Der Rad- und Skaterweg zum Südgelände. Ein paar Kinder sahen von dort den unter ihnen vorbeiziehenden Autos zu.

»Ich stell mir so einen getoasteten Bagel vor«, sagte Ritter und schnalzte mit der Zunge, »mit Frischkäse, Lachs, Frühlingszwiebelchen ...«

Ich sollte es einfach drauf ankommen lassen, dachte Stark. Mal sehen, wie sie mit dem Jungen zurechtkommt. Louisa und Mutter, dass ich nicht lache! Soll Sebastian ruhig mit ihr fahren. Sie wird an ihm scheitern.

Doch dann bekam er Angst. Und wenn nicht, zweifelte er, wenn Louisa da drüben eine Familie gründen will? In Australien? Zusammen mit ihrem taffen Galeristen und Sebastian? War das etwa der Plan? Wollte sie deshalb so weit weg?

»Ich sag dir was, ja?« Stark wurde plötzlich ganz kalt. »Die will mir meinen Sohn wegnehmen.«

»Euren«, winkte Ritter ab, »euren Sohn.«

Von wegen, dachte Stark. Ohne mich wäre Sebastian damals ins Heim gekommen. Da fühlte sie sich noch nicht reif für ein Kind, stellte plötzlich Defizite bei sich fest, das hatte er sogar schriftlich. Wie sie sich beklagte, dass sie in ihrem ganzen Leben noch nie für sich selbst da gewesen sei und deshalb weg wollte. Ohne Kind. Es musste doch jedem klar sein, dass sie ihn alleingelassen hatte, ihn und das Kind. Und jetzt, wo der Junge acht ist und aus dem Gröbsten raus, fallen ihr plötzlich ihre Mutterpflichten wieder ein?

»Das ist doch vollkommen helle«, ärgerte er sich, »dass ich als Vater abserviert wer ...«

Platsch! Ein ohrenbetäubender Schlag ließ den Wagen heftig schlingern. Als wäre er von einer Riesenfaust getroffen worden. Stark trat instinktiv die Bremse durch und versuchte, den Wagen rechts auf die Standspur zu bringen, was nicht einfach war, denn sekundenlang sah er nichts durch die komplett mit Wasser bedeckte Windschutzscheibe. Endlich ging der Scheibenwischer, die Leitplanke raste frontal auf sie zu. Gegensteuern und weiter bremsen, dass es kreischte. Autos hupten hinter ihm und kamen ebenfalls ins Schleudern, weil die Räder blockierten. Gleich musste es fürchterlich krachen, denn die verdammte Karre kam einfach nicht zum Stehen. Ein Brückenpfeiler flog auf sie zu. War's das? Stark schloss entsetzt die Augen.

Endlich ein Ruck. Der Wagen stand. Nur eine Handbreit vor der Leitplanke und etwa zehn Meter hinter der Brücke. Du lieber Himmel, das war knapp. Das war echt knapp. Stark riss die Tür auf, starrte zurück auf die Brücke. Oben rannten ein paar Kinder weg.

»Sagt mal, spinnt ihr?« Stark sprang über die Leitplanke. »Was soll denn die Scheiße?« Die Böschung war steil, und Stark brauchte einen Moment, bis er eine Stelle gefunden hatte, an der er hochklettern konnte.

»Hey!«, rief er wütend, doch es war zu spät: Als er die Brücke erreicht hatte, waren die Kinder schon verschwunden. Nur ein paar grüne, mit Wasser gefüllte Luftballons lagen noch am Geländer.

Verdammte Gören, dachte Stark und spürte seinen rasenden Herzschlag. Mann, das hätte so dermaßen ins Auge gehen können. Keuchend sah er auf die Wasserbomben. Ein kleiner Zettel lag daneben. Zerknüllt, mit bunter Schrift. Vermutlich hatte ihn eines der Kinder verloren. Stark hob ihn auf. Eine Mitteilung für die Projektwoche an der Elisabeth-Schule. Na wartet! Er steckte den Zettel ein und stieg wieder die Böschung zur Autobahn hinab, wo ihn Ritter fast ansprang:

»Bist du noch ganz bei Trost? So in die Eisen zu gehen? Wegen 'ner kleinen Wasserbombe?«

»Kleine Wasserbombe ist gut«, entgegnete Stark.

»Das hätte Tote geben können«, ereiferte sich Ritter, noch immer total erschrocken.

»Eben! Ich wär fast in der Leitplanke gelandet.« Stark lief um den Wagen herum und öffnete die Fahrertür. »Das ist ein gefährlicher Eingriff in den Straßenverkehr!«

»Ach ja?« Ritter folgte ihm wütend. »Und wie nennst du das, was du gemacht hast? Ich fahre!« Entschieden schob er Stark von der Tür weg und setzte sich selbst ans Steuer.

EINS

Bohrmann hatte sich fest vorgenommen, heute eine andere Laufrunde zu nehmen. Nicht am Sportplatz vorbei. Aber es fiel ihm so schwer. Er sah auf die Uhr. Zehn vor neun, die Sportstunde musste gerade begonnen haben. Dazu schien die Sonne, und es war recht warm für Anfang März. Bei solchem Wetter trainierten die Kinder immer im Freien. Und Bohrmann hatte doch extra neue Laufschuhe für Lukas gekauft, die ganz teuren Markenjogger, die hatte sich der Junge doch so sehr gewünscht. Die konnte er ihm doch vorbeibringen, es war doch sein Sohn …

Jahrelang hatte er alles zurückgestellt für die Kinder. Er war immer für sie da gewesen. Sybille machte Karriere, er schmiss den Haushalt. – Und das sollte jetzt alles nicht mehr gelten? Nach der Scheidung war Sybille das alleinige Sorgerecht zugesprochen worden. Bohrmann hatte dagegen Widerspruch eingelegt und geklagt. Alles umsonst. Vor den Familiengerichten waren Väter ohne Chance. Da konnte die Kindsmutter alles behaupten, ihr wurde geglaubt, während die Väter ihre Unschuld beweisen mussten. Beweislastumkehr nannte sich das. Aber Unschuld von was? Wie sollte man beweisen, dass man immer nur für die Kinder da war? Dass man für sie alles aufgegeben hatte? Dass man auch als Vater ein Recht auf seine Kinder hatte? Überall in Europa war das inzwischen eindeutig geregelt. Väter hatten ein Recht auf den Umgang mit ihren Kindern, hatte der Europäische Menschenrechtsgerichtshof im Dezember 2009 geurteilt. Aber Deutschland sperrte sich weiterhin hartnäckig. Da hieß es immer noch: Kinder gehören zur Mutter. Und wenn die Mutter nicht will, dass der Vater noch Kontakt zu den Kindern hat, dann ist der Kontakt zu unterbinden. Im Namen des Volkes und Ende der Ansage.

Sybille hatte verdammt clevere Anwälte. Die drehten Bohrmann alles, was er zur Verteidigung vorbringen konnte, im Munde herum. Als er Sybille anrief, um mit ihr zu reden, um zu fragen, was das alles sollte, zeigte sie ihn an. Er sei ein Stalker, und seine Anrufe hätten sie psychisch so sehr belastet, dass sie deswegen in ärztlicher Behandlung sei. Zwar musste vor Gericht der Vorwurf des Stalkings fallen gelassen werden, doch dann wurden ihm die Depressionen vorgeworfen, wegen denen er in Behandlung war. Kein Wort davon, dass die Scheidung und die Trennung von seinen Kindern die Depressionen überhaupt erst ausgelöst hatten. Trotzdem durfte sich Bohrmann seinen Kindern nicht einmal mehr nähern. Er hatte sich von Sybille und den Kindern fernzuhalten. Das war die Auflage. Aber warum? Was hatte er getan?

Bohrmann stand am Zaun des Sportplatzes und sah verstohlen den Kindern zu. Er war von hinten gekommen, über die Kleingartenanlage am Vorarlberger Damm, da konnte man ihn durch die vielen Bäume nicht gleich sehen. Er schlich durchs Dickicht heran wie ein geprügelter Hund, es war einfach unglaublich.

Da war die blonde Sportlehrerin Frau Theissen, und – Bohrmann reckte den Hals – da war auch sein Sohn. Lukas.

»Auf die Plätze!« Die Theissen hob die Startklappe. »Fertig! – Los!«

Die Kinder sprinteten davon wie junge Fohlen. Und Lukas vorneweg. Der war schon immer sehr sportlich gewesen, aus dem konnte noch was werden. Bohrmann lächelte. Der hatte Kraft, der Junge. Und einen tollen Antritt.

Als Lukas herangerannt kam, trat Bohrmann aus dem Gebüsch an den Zaun und nickte ihm aufmunternd zu.

Lukas wurde noch schneller und kam als Erster durchs Ziel.

Dann drehte er sich mit stolzgeschwellter Brust und Siegermiene zu seinem Vater um.

Bohrmann hob anerkennend die Daumen und schob rasch den Karton mit den teuren Markenturnschuhen unter dem Zaungatter hindurch. Für seinen kleinen Sprinter, mhm?

Lukas rannte freudestrahlend heran, um sich sofort die neuen Schuhe anzuziehen.

Bohrmann machte, dass er wegkam, doch zu spät: Die Theissen hatte ihn bereits gesehen.

»Herr Bohrmann!« Schon war sie heran. »Was soll denn das?«

Ertappt drehte er sich zu ihr um. Nicht schuldbewusst, nein. Nur traurig.

»Wir haben doch schon hundertmal geredet«, sagte Frau Theissen und fügte eindringlich hinzu: »Ich kann nichts machen.« Sie seufzte. »Und wenn Sie jede Woche dreimal kommen, dann nützt das doch auch keinem was.«

Doch, dachte er trotzig, Lukas freut sich, wenn er mich sieht. Und ich freue mich, wenn ich ihn sehe. Und außerdem hat er jetzt schöne, neue Turnschuhe.

Die Lehrerin folgte seinem Blick. Tatsächlich hatte

Lukas die neuen Schuhe schon an. Passen perfekt, signalisierte er seinem Vater glücklich.

»Machen Sie's Lukas nicht noch schwerer«, mahnte Frau Theissen und fügte fast mitleidig hinzu: »Sie tun sich doch bloß selber weh. Oder wollen Sie, dass ich die Polizei rufen muss?«

So weit wären wir also, dachte Bohrmann bitter. War er etwa ein Verbrecher? Weil er seinem Sohn Sportschuhe schenkte? Nein, das war nicht zu begreifen. Das konnte niemand verstehen.

»Also, verlassen Sie jetzt bitte das Schulgelände«, sagte Frau Theissen und wandte sich entschieden ab. »Komm, Lukas!« Sie nahm den Jungen an die Hand, damit er nicht zu seinem Vater ging. »Wir gehen zu den anderen. Du darfst jetzt mal das Startkommando geben, ja?« Und damit zog sie ihn davon.

Bohrmann sah den beiden lange nach. Lukas bekam die Startklappe, die Kinder stellten sich in Position.

»Auf die Plätze«, hörte Bohrmann seinen Sohn rufen, »fertig ...«

Er zog die Mütze tiefer ins Gesicht, trat vom Zaun des Sportplatzes zurück und trabte joggend durch die Kleingartenkolonie davon.

ZWEI

Moggenhauer-Town. So nannten Anwohner die kleine Architektensiedlung am Insulaner. Der innovative Bauherr der energiesparenden, ökologisch neutralen Reihen- und Doppelhäuser war vor fünf Jahren in Konkurs gegangen. Die Unternehmensberatungsfirma Moggenhauer hatte das Insolvenzverfahren übernommen und auch die Siedlung, um sie zu günstigen Konditionen an ihre eigenen Mitarbeiter weiterzuverkaufen. Heute lebten in den Häusern fast nur noch Moggenhauer-Mitarbeiter, vor allem aus dem mittleren Management. Es war schick hier, die Lage erstklassig mit guter Verkehrsanbindung; in weniger als zehn Minuten war man in der Innenstadt. Geschäfte, Schulen und Kinderläden sowie das große Freibad lagen in fußläufiger Entfernung, was sehr praktisch war, denn Eva Francke war im achten Monat schwanger. Gemeinsam mit ihrem Mann Thomas freute sie sich auf das Kind. Sie hatten nicht wissen wollen, ob Mädchen oder Junge, wollten sich überraschen lassen. Aber die Ärztin hatte sich bei der Ultraschalluntersuchung verquatscht: Zwillinge, ein Junge, ein Mädchen.

Perfekt fand Thomas das, besser konnte es doch gar nicht laufen. Strahlend saß er stundenlang vor den beiden Wiegen, die er ins Wohnzimmer gestellt hatte, damit er sie sich jeden Tag ansehen und darüber freuen konnte. Oben hatten sie zwei Kinderzimmer eingerichtet, eines hellblau, eines rosa. Nur auf Namen hatten sie sich noch nicht einigen können, aber es waren ja noch vier Wochen Zeit.

»Nennt sie doch Dick und Doof«, hatte Reling gemotzt, der feindselige Nachbar, und sofort mit Prozessen gedroht, falls es mit den Kindern zu laut würde. So ein Idiot.

Aber Eva ließ sich die Freude nicht vermiesen. Von niemandem, auch nicht von Reling. Sie war einfach glücklich, und daran konnte auch der miesepetrigste Nachbar nichts ändern. Seit Neuestem baute er eine Mauer zwischen den Eingängen des Doppelhauses, eine Sichtblende, wie er es nannte. Aber für Eva sah es aus wie eine Kleinstausgabe der früheren Berliner Mauer. Es fehlten nur noch die Wachtürme. Und Schilder: *»You are leaving the unfriendly sector!«*

Eva ging zum Postkasten an der Straße und öffnete ihn. Super! Endlich war der Katalog für die Babykleidung gekommen, da konnte sie sich erst mal informieren. Neulich war sie völlig unvorbereitet im Möbelhaus an den Wickeltischen gescheitert. Es gab so viele davon, einer niedlicher als der andere. Sie konnte sich nicht entscheiden und war unverrichteter Dinge wieder gegangen. Am Wochenende wollte sie mit Thomas einen zweiten Anlauf wagen. Eva blätterte den Katalog durch und ging wieder zurück ins Haus, wo sie ihren Mann noch immer versonnenen lächelnd vor den Babywiegen fand. Er träumte wahrscheinlich wieder mal von seinen Kindern. Wie sie glucksend vor sich hin strampelten. Ach, wenn sie die Geburt nur endlich schon hinter sich hätten.

»Thomas?« Eva hielt den Katalog hoch. »Du kommst noch zu spät zur Arbeit!«

»Stahlmanns Insolvenzübernahme ist erst um zehn.« Thomas richtete die selbst gebauten, verspielten Windspiele über den Wiegen aus und erhob sich.

»Der Arme«, sagte Eva. Sie stellte sich Insolvenzen schrecklich vor. Da hatte man sein Leben lang gerackert und sich etwas aufgebaut, und dann war alles hin. Weil irgendwelche Banken die Kredite fällig stellten.

»Ach Quatsch«, winkte Thomas ab, »der kann froh sein, dass wir seinen Laden noch einigermaßen rentabel verhökert haben!«

Eva richtete ihm die Krawatte und gab ihm einen Kuss.

»Pass gut auf euch auf, ja?«

»Mach ich«, versprach Eva.

»Und nicht wieder einen Marathon durch die Möbelläden veranstalten.«

Eva gab ihm noch einen Kuss und noch einen.

»Und vergiss nicht, frischen Rosmarin zu kaufen«, sagte Thomas, »und Kartoffeln! Heute Abend koche ich!« Er lächelte ihr liebevoll zu und verschwand.

Eva setzte sich an den Tisch und begann, den Babykatalog durchzuschauen. Gott, was für süße Strampler es gab …

Thomas Francke stieg in seinen silbergrauen BMW und startete den Motor. Er fuhr jeden Morgen dieselbe Strecke via Grazer Damm und Stadtring. Das war zwar nicht der kürzeste Weg zum Büro, aber der schnellste. Die Innenstadt war um diese Zeit restlos verstopft, und da er ohnehin zur Spedition Stahlmann am Osthafen musste, konnte er auf der A 100 gleich bis Treptow durchfahren.

Francke tippte eine Nummer in seinen Bordcomputer ein und rief sein Büro an. Es war wichtig, dass die Sache heute zügig über die Bühne ging.

»Francke hier! Ja, ich bin auf dem Weg und müsste«,

er sah auf die Uhr, »in gut einer halben Stunde da sein.« Am Autobahndreieck Schöneberg blinkte er rechts, fuhr auf die Auffädelspur zum Stadtring.

»Sagen Sie Stahlmann, wenn er mir bis heute nicht eine Liste mit den Namen aller Gläubiger auf den Tisch legt, landen alle auf der Straße! Wir sind hier doch nicht bei der Caritas!« Es war heute ziemlich viel los auf der Autobahn, was Thomas wunderte. Na ja, vielleicht weil er heute später dran war.

»Ach ja«, fiel ihm noch ein, »und bestellen Sie doch bitte für meine Frau einen Strauß Rosen.« Er lächelte. »Den größten, den es gibt!«

Er gab Gas, da die Strecke hier freier wurde, und fuhr mit fast hundert Kilometern in der Stunde auf die kleine Brücke am Südgelände zu.

»Wir haben heute Hochzeitstag«, erklärte er, ohne den Mann auf der Autobahnbrücke zu bemerken, der eben einen Betonstein auf die Brüstung legte. Anderthalb Kilo schwer. Als sich der silbergraue BMW näherte, zählte er die Sekunden. Dann ließ er den Stein fallen.

»Drei Jahre auf den Tag genau«, sagte Thomas Francke noch, bevor der Stein mit einem dumpfen Knall die Windschutzscheibe traf und er die Kontrolle über den Wagen verlor.

DREI

Das Café »Einstein« in der Friedrichstraße galt zwar als ziemlich teurer Schickimickiladen, doch Ritter war hier mit Rabattmarken geködert worden. Zudem schwor er auf die Bagels, die es hier gab. Das seien die besten von ganz Berlin. Na ja. Stark konnte sie sowieso nicht genießen, denn er hatte schon wieder seine Exfrau Louisa am Ohr. Diesmal wollte sie mit Sebastian nach der Schule noch schön ein Eis essen gehen. Zusammen mit ihrem neuen Freund, dem italienischen Galeristen. Oder war's ein Australier? Du lieber Gott, Crocodile Dundee fehlte Stark gerade noch.

»Ich habe ein Problem damit, dass dir immer alles fünf Minuten vorher einfällt«, rief er aufgeregt ins Handy, »und du mir jede Planung unmöglich machst!« Schließlich musste Sebastian auch noch was für die Schule machen, und sie hatten sich fest vorgenommen, heute Mathe zu pauken.

»Nein«, versicherte er, als sie ihm vorwarf, eifersüchtig und sauer zu sein. Aber er war nicht sauer. Und eifersüchtig schon gar nicht. Es ging ihm nur ... Herrgott, sie ließ ihn nicht zu Wort kommen.

»Nein«, rief er noch mal ins Handy, »ich sag doch: Mach es, aber sag mir das nächste Mal einen Tag vorher Bescheid! Weil ... ich ...« Was war da plötzlich für eine Stille im Äther? »Hallo? – HALLO!« Nichts. Louisa hatte einfach aufgelegt.

»Blödes Weib«, fluchte Stark und knallte sein Handy auf den Tisch. So ging das jetzt schon seit fast einem Monat.

»Frühstück!« Ritter kam mit einem Tablett heran und zeigte Stark seine Rabattmarke. »Guck mal hier! Noch ein Stempel und wir kriegen einen Kaffee gratis.« Er stellte ihm eine Tasse hin und einen zweiten Bagel, aber Stark war der Hunger vergangen.

»Sie will ihn jetzt die ganzen sechs Wochen Sommerferien«, klagte er. »Mit ihrem Neuen!«

»Mhm«, machte Ritter, »so muss ein Bagel aussehen.«

»Und weißt du, was ich überhaupt nicht will?« Stark beugte sich vor. »Dass sie mit ihm heile Welt spielt, und mir bleiben nur die Hetze und die Schulaufgaben und der Alltag, weißt du …«

»Super!« Ritter deutete auf Starks Bagel. »Probier mal, schmeckt gut!«

»Jetzt quengelt das Kind den ganzen Tag rum«, regte sich Stark auf, »ich komm mir schon vor wie der Hausdrache. Felix – der Hausdrache: Komm, zieh das an, lass das bitte, mach das.«

Ritters Handy klingelte. Er wischte sich die Hände an einer Serviette ab und zog es aus der Innentasche seiner Lederjacke.

»Ich hab gar nichts Liebes mehr mit dem Kind.« Stark schüttelte hilflos den Kopf.

»Ja?« Ritter hatte das Handy am Ohr und lauschte. »Wo denn?«

»Wenn das so weitergeht«, jammerte Stark, »kann ich mich ja nicht mehr im Spiegel ansehen. Ich bin da wirklich nur noch der Drängler.«

»Ja, okay«, machte Ritter kauend, »ja, bis gleich«, und steckte das Handy wieder weg. »Wir müssen los!«

Stark verzog genervt das Gesicht. »Na super.«

***

Die A 100 war zwischen Alboinstraße und Sachsendamm komplett gesperrt worden – mit der Folge, dass der Verkehr auf dem Stadtring kollabierte.

Mit Blaulicht und Sirene fuhren die Kommissare über den Pannenstreifen heran und stoppten vor der Brücke am Südgelände. Mehrere demolierte Autos und ihre schockierten Fahrer standen auf der Autobahn herum, dazu jede Menge Polizisten, Ambulanzen und Streifenwagen, Feuerwehren, die Transporter der Spurensicherung und ein Leichenwagen. Hinter dem Brückenpfeiler lag ein völlig zerstörter silbergrauer BMW auf dem Dach. Offenbar hatte er sich mehrmals überschlagen, nachdem er durch die Leitplanke geknallt war.

Weber, wie immer mit Schiebermütze auf dem lichten Haupt, protokollierte die ersten Ermittlungsergebnisse in einem Notizblock, teilte die Polizisten zur Tatortsicherung ein und sprach mit den Spurensicherern.

»Wat, det is der Stein?« Er bekam einen wegen noch zu sichernder Fingerabdrücke in Plastikfolie eingepackten Betonziegel und wog ihn prüfend mit der Hand ab. »Sonst noch Spuren?«

Der Spurensicherer bedauerte. Vorerst keine.

»Aber du kiekst noch mal nach«, versicherte sich Weber und setzte, als der Spurensicher nickte, ein zufriedenes »Jut« hinzu.

Stark starrte fassungslos auf die Brücke. War das nicht dieselbe, an der sie vorhin schon Schwierigkeiten hatten? Nach dem Wasserbombenanschlag? Hinten wurde gerade ein grauer Sarg in den Leichenwagen geschoben.

Beklommen sah Stark seinen Kollegen an. »Meinst du, die Kids sind noch mal wiedergekommen?«

»Na, bei deinem Auftritt heut morgen«, Ritter winkte ab, »hatten die eher die Hosen gestrichen voll.«

»Also!« Weber trat gewichtig mit seinem Notizblock und dem unter den Arm geklemmten Stein heran: »Unfallzeitpunkt war etwa so jegen neun Uhr dreißig. Thomas Francke, verheiratet, von Beruf Betriebswirt. Als der Notarzt kam, hat er noch jelebt, aber da war nüscht mehr zu machen, wa? – Hier!« Er gab Stark den in Plastikfolie eingepackten Stein. »Det is wahrscheinlich der Auslöser für den janzen Unfall. Der muss sich ja zu Tode erschrocken haben und ist da jegen den Pfeiler jeknallt. Alle übrigen Fahrer, die an dem Unfall beteiligt waren«, er deutete auf die bleichen Gesichter der Leute an den anderen demolierten Autos, »wissen nich, ob und wie viele Menschen uff der Brücke jestanden haben.«

»Ist der Stein hier irgendwo aus der Nähe?«, fragte Stark und reichte ihn an Ritter weiter.

»Nö«, Weber schüttelte das Haupt, »ist nich anzunehmen. Also den muss der Täter mitjebracht haben.«

»Na gut, dann gib den ins Labor.« Ritter gab Weber den Stein zurück. »Und behaltet die Brücke im Auge. Vielleicht kommt der Täter ja noch mal wieder, um sich an dem Schaden zu erfreuen.«

»Jut.« Weber nickte.

»Sonst noch was?«, erkundigte sich Stark.

»Nö, ähm …« Weber seufzte und sah Stark mitleidig an. »Na ja, die Frau ist noch nicht verständigt worden …«

Stark verdrehte die Augen und atmete tief durch.

»Na, musst ja nicht jleich losrennen«, sagte Weber.

Als ob die Verschiebung des Problems es einfacher machte.

»Till?« Stark holte den Zettel, den er vorhin auf der Brücke gefunden hatte, aus der Jackentasche. »Den haben die Kids liegen gelassen. Elisabeth-Schule. Projektwoche.«

Ritter sah sich das Papier an. »Dann fahren wir doch da mal hin.«

»Lass uns laufen«, schlug Stark vor. »Die Kids sind auch gelaufen.«

»Und was ist mit dem Auto?« Ritter lief zum Wagen. »Also bis gleich.«

»Jut«, fand Weber das und widmete sich wieder den Unfallermittlungen.

Stark erklomm die Böschung und ging dann über die spiralförmige Zufahrt auf die Brücke. Sie führte als reiner Rad- und Fußweg vom zweitgrößten Bahnhof der Hauptstadt über den Sachsendamm und die Stadtautobahn auf das sogenannte Schöneberger Südgelände. Früher war hier ein riesiger Rangierbahnhof mit unzähligen Gleisanlagen gewesen, ein Gewirr von Weichen und Schienensträngen, Kohle- und Dieselbunkern, Licht- und Signalmasten. Mit der Teilung Berlins wurde das Gelände schrittweise stillgelegt und verwaiste. In den folgenden Jahrzehnten holte sich die Natur die Anlage zurück, zwischen den alten Gleisen entwickelten sich wertvolle Trockenrasen, Hochstaudenflure, ein Dickicht von Bäumen und Sträuchern. Ein richtiger Urwald war entstanden, der heute eine Vielzahl seltener und vom Aussterben bedrohter Tiere und Pflanzen beherbergte. 1996 wurde das Südgelände als Landschafts- und Naturschutzgebiet ausgewiesen. Über erhöhte Stege konnten heute Besucher diese dschungelartige Naturoase inmitten der Stadt erschließen. Hier gab es von Efeu überwucherte, vergessene alte Dampfloks, einen verwunschenen, hundert Jahre alten stählernen Wasserturm und eine ebenso alte Drehscheibe, die angeblich noch funktionierte. An der Westseite des Geländes führt der schnurgerade Fuß- und Radweg an Kleingartenanlagen, Liegewiesen, Basketballfeldern und Spielplätzen vorbei zum Insulaner, einem alten Trümmerberg, der zur Parkanlage umgestaltet worden war.

Hier, am Rande des Parks, unweit des Priesterwegs, wurden neue Stadtvillen errichtet, und auf der zugehörigen Baustelle standen gleich mehrere Paletten mit Betonziegelsteinen herum.

Stark stutzte und sah sich um. Niemand war zu sehen. Vorsichtig schob er sich zwischen den Bauzäunen hindurch, nahm einen der Betonsteine und wog ihn nachdenklich in der Hand. Etwa anderthalb Kilo schwer. Von genau so einem Stein war auch Thomas Franckes BMW getroffen worden.

Plötzlich wurde Stark von hinten gepackt: »Hab ick dich, Bürschchen!«

»Hey«, protestierte Stark, noch bevor ihm klar war, was geschah, »hey, ich bin von der …«

Er hatte keine Chance. Ein Bauarbeiter stieß ihn hart auf einen weiteren Arbeiter zu, der sich hemdsärmelig und drohend vor ihm aufbaute.

»Jungs, ich bin von der Kriminalpolizei«, beteuerte Stark und versuchte sich zu wehren, »ich bin von der Kriminalpol…«

Doch die Arbeiter wollten nichts hören. »Wat Blöderet fällt dir wohl nich ein«, höhnten sie und schubsten ihn brutal zwischen sich her.

Es half nichts. Stark musste den polizeilichen Fesselgriff anwenden. Blitzschnell packte er den am nächsten stehenden Arbeiter am Arm und drehte ihn ihm so unsanft auf den Rücken, dass der Mann vor Schmerz aufschrie. Gleichzeitig hielt er dem zweiten Arbeiter seinen Dienstausweis vor die Nase.

»So, jetzt reicht's mir aber, ja!« Er ließ den ersten Bauarbeiter los und stieß ihn von sich weg. »Ich interessiere mich nur dafür, ob jemand einzelne von diesen Steinen geklaut hat.«

Die Arbeiter glotzten ihn verständnislos an.

»Kinder vielleicht«, präzisierte Stark.

»Hier kommt ständig wat weg«, sagte der eine Bauarbeiter keuchend, und der andere fügte hinzu: »Allet, wat nich niet- und nagelfest is.«

Pech, dachte Stark, für Diebstahl sind andere Kollegen zuständig. Er steckte seinen Dienstausweis wieder ein, nahm einen der Steine und machte sich auf den Weg zur Elisabeth-Schule.

***

Dort wartete Ritter schon vor dem Eingang und tippte auf seine Armbanduhr. Auto schlägt Fußgänger, beim derzeitigen Berliner Verkehrschaos eine beachtliche Leistung.

»Und?« Stark kam heran. »Was hab ich für 'ne Zeit?«

Ritter winkte müde ab und guckte auf den Stein: »Wo hast'n den her?«

»Den hab ich mir bitter erkämpft«, antwortete Stark und lief auf den Schulhof, wo offenbar gerade große Pause war. Ein paar Jungs kickten, der Ball rollte Ritter vor die Füße, und er parierte geschickt, ließ das Leder über seine rechte Westernstiefelspitze aus gewachster

Büffelhaut rollen und setzte es dann mit einem langen Schuss direkt ins Tor.

»Wow, Alter«, rief ein Junge bewundernd, »war gar nicht so übel!«

»Was heißt hier ›Alter‹, du spinnst wohl?« Ritter prüfte den Sitz seiner Lederjacke und besah sich wohlwollend die älteren Schülerinnen. Einige von denen waren mächtig gestylt, wirklich hübsche Dinger darunter, die ihren männlichen Klassenkameraden sicher schlaflose Nächte bereiteten. Mit seinem schönsten Cowboygrinsen wandte sich Ritter einem der größeren Mädels zu.

»Hallo«, sagte er gedehnt und fixierte das Mädchen mit gekonnt relaxter Bewunderung. Fast schon eine richtige Frau, wirklich reizend. »Kannst du uns vielleicht sagen, wo es hier zu eurem Rektor geht?«

»Was haben Sie denn für ein Problem?«

Allein am Tonfall merkte Ritter, dass er wohl tatsächlich einer »richtigen« Frau gegenüberstand.

»Ach«, stellte er fest, und sein Grinsen wurde breiter, »du bist gar keine Schülerin?«

»Ich bin hier Lehrerin.« Sie lächelte zurück.

»Lehrerin«, wiederholte Ritter, als wolle er das Wort mit all seinen Silben auskosten. Schon als pubertierender Schüler hatte er sich immer in hübsche Lehrerinnen verknallt. »Was unterrichten Sie denn so?«

Die Lehrerin lachte verlegen. Ritter strahlte sie an, und Stark verdrehte die Augen.

»Kriminalpolizei«, unterbrach er genervt, bevor der Kollege weitere Avancen machte, und hielt seinen ganz und gar unerotischen Dienstausweis hoch, »wir würden gern zum Rektor.«

»Mhmhm«, machte die Lehrerin amüsiert und nahm

Stark mit einem spöttischen Seitenblick auf Ritter lachend am Arm. »Ich führ Sie hin.«

Der Rektor stand im Foyer der Schule. Die Sportlehrerin Frau Theissen hatte sich an ihn gewandt, um ihm vom Vorfall am Morgen zu berichten. Bohrmann war zum wiederholten Male am Sportplatz aufgetaucht, und dabei gab es nun mal eindeutige gerichtliche Auflagen gegen ihn.

»Langsam weiß ich nicht mehr, was ich machen soll. Er tut mir leid, aber …« Sie beugte sich eindringlich vor. »Neuerdings glaubt er, Lukas würde von seiner Mutter misshandelt!«

»Das nächste Mal sagen Sie ihm unmissverständlich, er soll gehen.« Der Rektor strich sich nachdenklich das Kinn. »Wenn nicht, rufen Sie die Polizei. Dann sollen die ihn wegschaffen.«

Von hinten kamen die Kommissare mit der jungen Lehrerin heran.

»Wie heißt der Mann eigentlich?«, wollte Stark der Form halber wissen.

»Rektor Schönwald«, antwortete die junge Lehrerin kichernd, und Ritter gurrte:

»Ah, wie schön. Und Sie?«

»Die Erwachsenen finden kein Ende«, befand der Rektor zu Frau Theissen abschließend, »und ihre Kinder müssen es ausbaden.«

»Herr Schönwald?«

Der Rektor fuhr herum und sah die Kommissare auf sich zukommen.

»Mein Name ist Ritter«, der Größere zeigte auf den Kleineren, »das ist mein Kollege Herr Stark. Wir sind von der Kriminalpolizei.«

»Kriminalpolizei?« Erstaunt hob der Rektor die Augenbrauen. »Was ist passiert?«

»Heute Morgen wurden Wasserbomben von ein paar ihrer Schüler auf die Autobahn geworfen.« Stark drückte ihm den Zettel von der Projektwoche in die Hand. »Das haben wir auf der entsprechenden Brücke gefunden.«

Schönwald blickte irritiert auf das Papier.

»Eine Stunde später wurde dann ein Auto von so einem Stein getroffen«, fuhr Stark fort und präsentierte den Betonziegel. »Der Fahrer des Wagens starb noch am Unfallort.«

»Das ist ja entsetzlich.« Sichtlich betroffen führte der Rektor die Kommissare in einen etwas abgelegeneren Gang mit breiter Fensterfront, wo es etwas ruhiger war als im Foyer.

»Das war eine Elterninformation, die an alle ging«, erklärte er bezüglich des auf der Brücke aufgefundenen Papiers und sah die Kommissare fragend an. »Woher wissen Sie eigentlich, dass die Jungs, die die Wasserbombe geschmissen haben, auch den Stein runtergeworfen haben?«

»Wir wissen noch gar nichts«, entgegnete Stark und sah aus dem Fenster.

»Sind Ihnen in letzter Zeit Schüler aufgefallen«, fragte Ritter, »die größeren Mist gebaut haben?«

»Aufgefallen?« Der Rektor schüttelte den Kopf. »Nein. Das kann man nicht sagen. Selbst größerer Mist fällt hier nicht mehr auf«, fügte er mit Bitterkeit in der Stimme hinzu. »Hier wird geschlagen, gestohlen, gedealt ... Was Sie wollen.«

Stark überlegte, ob an Sebastians Schule auch solche Zustände herrschten. Bei den letzten Elternabenden war es immer nur um zu hohen Unterrichtsausfall gegangen, und die letzten GEV-Sitzungen, bei denen es um gesamtschulische Probleme ging, hatte er immer versäumt. Er hatte einfach zu viel um die Ohren.

»Also, wir müssten mal wissen, welche Kinder ihren Schulweg über diese Brücke nehmen«, sagte Ritter.

»Ja.« Der Rektor gab ihm den Projektwochenzettel zurück. »Und ich muss das Schulamt informieren.«

»Dann tun Sie das«, sagte Ritter und gab den Zettel an Stark weiter. »Wir brauchen bis morgen die Liste.«

»Gut«, versprach der Rektor.

VIER

Die Kommissare setzten sich in ihren Wagen, aber sie hätten auch zu Fuß gehen können, denn Moggenhauer-Town war weniger als fünfhundert Meter von der Schule entfernt am östlichen Fuße des Insulaners. Als sie vor der Francke'schen Doppelhaushälfte am Sonnenblumenweg hielten und ausstiegen, fielen ihnen eine Frau und ein Mann auf, die heftig miteinander diskutierten.

»Hör gut zu, Martin«, sagte die Frau scharf, »wenn du jetzt noch ein Mal, ein einziges Mal unangemeldet hier, in der Schule oder sonst wo auftauchst, dann siehst du die Kinder nie wieder, das schwör ich dir!«

»Sybille«, erwiderte der Mann fast flehend, »ich bin immer noch ihr Vater!«

»Das bist du, aber einer, der ihnen schadet, ja! Zu der Einsicht kam ja sogar der Richter. Mit deinen dauernden Depressionen.«

Es fiel auf, dass der Mann einen schlabberigen Jogginganzug trug, während die Frau sehr schick und geschäftsmäßig gekleidet war.

»Wir waren doch mal glücklich«, sagte der Mann leise.

»Dazu gehören mindestens zwei.« Die Frau wandte sich ihrem Wagen, einem silbernen BMW, zu. »Das willst du einfach nicht kapieren.« Sie winkte ein etwa sechsjähriges Mädchen heran, »Anna, komm, komm her, meine Maus«, und wirbelte es herum. Dann setzte sie das Kind ins Auto und fuhr davon. Der Mann im Jogginganzug winkte dem Wagen verstohlen nach.

»Kommt mir irgendwie bekannt vor«, murmelte Stark.

»Das ist doch krank«, fand Ritter.

»Die ganze Welt ist krank«, bekräftigte Stark bitter und folgte Ritter zur Haustür. Der hatte Relings Sichtblende bemerkt.

»Was'n das für 'ne komische Mauer?«

»Nette Nachbarn«, sagte Stark und atmete tief durch. Denn jetzt kam der schwierigste Teil einer jeden Mordermittlung. Der Moment, in dem man den nächsten Angehörigen der Opfer, den Eltern, den Ehegatten oder Kindern, erklären musste, was geschehen war.

»Okay, bringen wir's hinter uns.« Stark klingelte an der Haustür.

Diesmal war es besonders schlimm. Denn es öffnete eine junge Frau, die offensichtlich hochschwanger war. Fragend sah sie die Kommissare an.

»Guten Tag?«

»Sind Sie Eva Francke?«

»Ja.«

Mist, dachte Stark und atmete tief durch. Manchmal bleibt einem gar nichts erspart. Er sah die Frau ernst an. »Frau Francke, wir sind von der Polizei. Dürfen wir mal reinkommen?«

Die junge Frau trat wortlos beiseite und ließ die Männer ein. Zwei Minuten später wusste sie, dass ihr Mann tot war. Gestorben auf der Autobahn, weil ein schwerer Stein den Wagen getroffen hatte.

»Es tut mir sehr leid, Frau Francke.«

»Wir können nicht ausschließen, dass es ein gezielter Anschlag war«, setzte Ritter hinzu und trat mit einem Glas Wasser von hinten an Eva Francke heran, die bewegungslos am Esstisch stand und ins Leere sah. So als würde sie nur allmählich begreifen, was geschehen war.

»Wir würden Ihnen gern ein paar Fragen stellen«, sagte Ritter, »Sie würden uns damit sehr helfen.«

Mensch, dachte Stark hilflos, der muss doch merken, wie fertig die Frau ist. Noch dazu hochschwanger. Die kriegt noch 'ne Fehlgeburt, wenn er so weitermacht.

Doch Ritter blieb gnadenlos: »Ihr Mann ist Betriebswirt, richtig?« Er wollte ihr das Wasserglas reichen, doch Eva Francke stieß ihn plötzlich beiseite und stürzte würgend aus dem Zimmer ins Badezimmer, wo sie über der Toilettenschüssel zusammenbrach.

Ritter sah ihr verblüfft nach. »Soll'n wir vielleicht einen Arzt rufen?«

Man hörte, wie sich Eva Francke wieder und wieder heftig erbrach, und Stark reichte es.

»Das halte ich nicht aus«, sagte er beklommen, »das ist doch …«

»Jetzt reiß dich mal zusammen, ja«, fauchte Ritter und sah Stark eindringlich an.

Gott, was für ein Alptraum, dachte der. Wir machen hier alles falsch. Aber wie sollte man sich richtig verhalten vor einer Hochschwangeren, die gerade den Vater ihres ungeborenen Kindes verloren hatte? Und sich jetzt die Seele aus dem Leib kotzte? Nur um irgendetwas zu tun, nahm er Ritter das Glas Wasser ab und stellte es auf den Couchtisch.

Ritter lief unruhig auf und ab. Im Badezimmer wurde es ruhiger, man hörte das Wasser laufen, und nach einer Weile kam Eva Francke zurück.

»Wir können auch später …«, schlug Ritter vor.

»Es geht schon wieder.« Eva Francke hielt sich den Bauch und setzte sich auf die Couch. »Ich hab gedacht, die Übelkeit hört nach ein paar Wochen auf, aber ...« Sie tupfte sich die Stirn. »Inzwischen hab ich mich dran gewöhnt.« Sie sah auf. »Was wollten Sie wissen?«

Gott sei Dank, sie hat sich wieder gefangen. Stark war erleichtert. »Ja, gab es irgendwelche Probleme in letzter Zeit«, fragte er, »bei der Arbeit vielleicht oder so?«

»Probleme ... Wo gibt's die nicht?« Eva Francke kämpfte mit den Tränen. »›Lass uns nicht darüber reden‹, sagte Thomas immer. Das ist seine Art, mit diesem ganzen Stress fertig zu werden.«

Ritter machte eine Bewegung zu Stark, die so was wie »Lass mich mal« bedeuten sollte, nahm sein Wasserglas vom Couchtisch und setzte sich vertraulich zu Eva Francke auf die Couch. Die Frau gefiel ihm, das sah Stark sofort. Das war genau sein Typ.

»Hat Ihr Mann Feinde?«, erkundigte sich Ritter.

»Er arbeitet für eine Insolvenzverwaltung«, antwortete Eva Francke, und es rührte die Kommissare bis ins Herz, wie sie sich bemühte, nicht drauflos zu heulen. »Wenn man jeden Tag Leute entlassen muss und Betriebe abwickeln, dann hat man nicht nur Freunde«, setzte sie mit zittriger Stimme hinzu, und am liebsten hätte Ritter sie tröstend in den Arm genommen.

»Ja, und ansonsten«, fragte er, »privat? In der Nachbarschaft?«

»Sie meinen den da?« Eva deutete durchs Fenster auf die Sichtblende zum Nebengrundstück.

»Der Nachbar?« Ritter lächelte schwach.

»Der hat seine eigenen Methoden, uns zu terrorisieren.«

»Wie meinen Sie das?«

»Er hat uns inzwischen«, Eva Franckes Stimme zitterte stärker, »ich glaube, zwanzigmal oder so verklagt.« Sie lächelte verzweifelt. »Zum Glück haben wir 'ne Rechtsschutz. Ein brillanter Jurist, sagt mein Mann, aber leider ein durchgeknallter Querkopf.«

Tja, dachte Stark. Die Abgründe unseres ach so zivilisierten Zusammenlebens. Und keiner mehr da, der die arme Eva Francke vor ihrem durchgeknallten, Mauern errichtenden Nachbarn beschützte.

Fragend sah sie Ritter an: »Wann kann ich meinen Mann besuchen?« Und es klang, als habe sie noch nicht wirklich begriffen, was passiert war.

»Bald«, sagte Ritter sehr ruhig, »bald.«

***

»Mann, oh Mann«, machte Ritter, als sie wieder hinaus auf die Straße traten, und man sah dem Cowboy an, dass ihm das Schicksal der jungen Frau Francke mächtig an die Nieren ging.

»Tja«, sagte Stark, »wieder ein Kind ohne Vater.«

»Meinst du, die hat überhaupt kapiert, dass ihr Mann tot ist?«

Stark schüttelte den Kopf. »Nicht so ganz.« Er wollte zum Wagen – weg hier, nur noch weg –, doch Ritter hatte vor der Eingangstür zur Nachbarhaushälfte einen Mann bemerkt, der an seinem Fahrrad herumhantierte.

»Warte mal!« Mal schauen, ob der Kerl wirklich so ein Querkopf war.

»Hallo?« Ritter ging auf den Nachbarn zu. »Können wir Sie mal sprechen?«

»Ich brauche nichts«, erwiderte der Mann gelassen und ohne aufzusehen, »ich kaufe nichts.«

Aha, dachte Ritter, das ist tatsächlich ein schwieriger Typ.

»Wir sind von der Polizei.«

Der Nachbar richtete sich auf, nahm Ritter den Dienstausweis aus der Hand und prüfte ihn gründlich.

Stark besah sich unterdessen das Klingelschild an der Haustür. »Harald Reling«, stand darauf.

»Okay«, Reling gab Ritter den Ausweis zurück, »was wollen Sie?«

»Es geht um Herrn Francke, Ihren Nachbarn.«

»Und?« Reling wandte sich wieder seinem Fahrrad zu, um es gründlich an den Zaunpfosten anzuschließen.

»Sie waren nicht gerade befreundet, richtig?«

»Und?«

»Sie hatten Streit«, wurde Ritter deutlicher. »Um was ging es denn in dem Streit?«

»Geht Sie das was an?« Reling machte keine Anstalten, sich den Kommissaren interessiert zuzuwenden, ganz im Gegenteil. Das Fahrradschloss schien ihm wichtiger.

»Francke ist tot«, stellte Ritter klar. »Er ist möglicherweise Opfer eines Gewaltverbrechens geworden.«

»Aha!« Reling kam wieder hoch und nickte langsam. So, als habe er etwas Derartiges schon erwartet. »Daher läuft der Hase. Jetzt will mir der Herr Kollege auch noch einen Mord unterschieben.«

»Worum ging's denn?« Stark lauerte. Das war doch wenigstens mal ein Verdächtiger.

»Ziehen Sie sich die Akte, dann wissen Sie Bescheid.« Reling machte Anstalten, ins Haus zu gehen.

»Wo waren Sie denn heute Morgen?«

Reling stockte und sah sich wieder zu Stark um: »Wozu müssen Sie denn das wissen?«

»Man nennt es auch Alibi«, erwiderte Stark.

»Ich habe keins, ich brauche keins«, sagte Reling scharf. »Wollen Sie mich beleidigen? – Tun Sie's, dann haben Sie morgen eine Klage am Hals.« Er wandte sich wieder ab und schloss die Haustür auf.

»Nee, das machen wir anders«, rief Ritter. »Sie kommen mal morgen zu uns aufs Präsidium. So gegen zehn Uhr.« Er hielt Reling eine Visitenkarte hin, wurde aber ignoriert. »Um das Ganze offiziell zu machen«, Ritter steckte seine Visitenkarte an Relings Fahrrad, »gibt es noch eine schriftliche Vorladung.«

»Bitte, hier ist der Briefkasten.« Reling verschwand unbeeindruckt im Haus und knallte die Tür hinter sich zu.

Die Kommissare wechselten einen ratlosen Blick und gingen langsam zum Auto zurück. Doch dann fielen Stark die Steine auf, mit denen Reling seine Mauer gebaut hatte. Einige lagen noch lose herum. Stark nahm einen davon in die Hand und hielt ihn Ritter hin. Anderthalb Kilo. Der gleiche Stein, der Franckes Wagen getroffen hatte.

»Nee.« Ritter schüttelte den Kopf.

»Komm, der ist doch manisch«, sagte Stark herausfordernd.

»Ja, aber Steine auf die Autobahn?« Ritter zweifelte. »Das hört sich für mich mehr nach einem missglückten Kinderspiel an als nach so 'nem schlecht gelaunten Nachbarn.«

»Achtzig Prozent aller Zivilverfahren sind Nachbarschaftsstreitigkeiten«, widersprach Stark. Das war statistisch belegt. »Es geht um nichts, und die Leute kämpfen, bis alle am Boden liegen.«

FÜNF

Thomas Franckes Arbeitsplatz befand sich in einem Gebäude des Sony Centers am Potsdamer Platz. Viel Chrom, Stahl und Glas – und auf dem Hof eine ganze Flotte silbergrauer BMWs. Die Kommissare stellten ihren schwarzen Dienstwagen dazu und betraten das weitläufige Entree der Firma. Es war beeindruckend. Der Boden war mit grauen Granitfliesen bedeckt, gläserne Lifte schwebten lautlos in die verschiedenen Etagen, und hinter einem dezent beleuchteten Tresen aus schwarzem, matt lackiertem Ebenholz wartete eine elegante Dame auf Kundschaft. Hinter ihr, an einer silbrigen Wand aus gebürstetem Edelstahl, verriet ein polierter Tahoma-Schriftzug auf schwarz glänzendem Untergrund den Namen des Unternehmens: MOGGENHAUER. Wie es aussah, eine der renommiertesten Firmen am Platze. Insolvenzverwaltung schien sich zu lohnen.

»Guten Tag!« Die Kommissare traten an den Tresen und ließen die kühle, geschäftsmäßige Aura des Kapitals auf sich wirken.

»Guten Tag«, erwiderte die Dame am Tresen und lächelte unverbindlich. »Was kann ich für Sie tun?«

»Ähm ...« Ritter schob ihr seinen Dienstausweis über den Tresen, »... wir sind von der Kriminalpolizei. Wir würden gerne mit Ihrem Chef sprechen.«

»Da wenden Sie sich am besten an Frau Bohrmann.« Die Tresendame deutete auf einen der gläsernen Fahrstühle. »In der siebzehnten Etage, bitte.«

Die Kommissare dankten und ließen sich in einer der Glaskanzeln nach oben bringen. Fast wie im Ka-

DeWe, dachte Stark. Nur, dass es hier nichts zu kaufen gab.

Auch in der siebzehnten Etage war alles aus Glas, und man hatte einen beeindruckenden Blick über den noch winterlich kahlen Tiergarten. Die Büros hatten gläserne Wände und Schreibtische, alles war transparent gestaltet, und freundliche Mitarbeiter wiesen den Weg zu Frau Bohrmann, die den Kommissaren im Übrigen recht bekannt vorkam. Es war dieselbe Frau, die vorhin noch in der Siedlung am Insulaner eine Auseinandersetzung mit ihrem joggenden Mann gehabt hatte. Und es ging ums Sorgerecht. Wer wie Stark ähnliche Probleme hatte, vergaß so etwas nicht. Im Augenblick aber schien Frau Bohrmann mit beruflichen Dingen beschäftigt. Sie hatte einen Telefonhörer am Ohr, und ganz sicher, so vermutete es zumindest Stark, ging es um Milliarden. Mindestens. In solchen Firmen ging es immer um unvorstellbar viel Geld.

»Ich rechne das Ganze noch mal durch und melde mich bei Ihnen«, sagte Frau Bohrmann und fügte ein beruhigendes »Kein Problem« hinzu. »Wiederhören!« Sie legte auf und wollte sich mit anderen, wahrscheinlich höchst wichtigen Dingen beschäftigen, doch der Cowboy kam ihr zuvor.

»Frau Bohrmann, mein Name ist Ritter.« Er hielt ihr den Dienstausweis vor die Nase und zeigte auf Stark: »Das ist mein Kollege Stark, wir sind von der Kriminalpolizei.«

»Hallo«, nickte Frau Bohrmann und ordnete geschäftig ein paar Akten auf ihrem Tisch.

»Wohnen Sie auch im Sonnenblumenweg?«, erkundigte sich Stark.

Sybille Bohrmann sah auf. »Wieso?«

»Wir waren vorhin bei Frau Francke, da haben wir Sie gesehen.«

Sybille ließ von ihren Akten ab und nickte bedauernd. »Ich hab es gerade erst erfahren. Die Leute hier wissen noch gar nichts. – Wie geht es ihr denn?

»Sie wird psychologisch betreut«, erwiderte Ritter knapp. »Frau Bohrmann, wir wollten eigentlich zu Ihrem Chef.«

»Er ist leider nicht da«, sagte Sybille Bohrmann bedauernd. »Sie werden wohl mit mir vorliebnehmen müssen. Kommen Sie bitte!« Sie ging vor und führte die Kommissare in einen räumlich abgetrennten Konferenzraum, der so separat nicht wirkte, weil man auch hier durch die Glaswände den Eindruck hatte, inmitten eines komplexen finanzwirtschaftlichen Getriebes zu sitzen, das sich nur Fachleuten erschloss.

Sybille Bohrmann setzte sich an den Konferenztisch und bat die Kommissare, es ihr nachzutun. Folgsam nahmen sie ebenfalls Platz.

»Woran hat Herr Francke gerade gearbeitet?«

Sie antwortete mit einer Gegenfrage. »Warum?«

»Nun, vielleicht hat sein Tod was mit seiner Arbeit zu tun? Kommt ja vor.«

»Wir machen hier bloß unseren Job«, verteidigte sich Sybille Bohrmann, als hätte man ihr etwas vorgeworfen. »Und wenn wir verkaufen, dann nicht etwa, weil wir Spaß daran haben, sondern weil wir müssen.« Sie lächelte. »Der Bestatter ist nicht schuld am Tod.«

Aber hatte das jemand behauptet? Fragend sah Stark seinen Kollegen an, doch Ritter grinste bloß. Immerhin war es tröstlich, dass diese Insolvenzverwalter schon mal per se ein schlechtes Gewissen hatten.

»Ja, Entschuldigung«, setzte Sybille Bohrmann hinzu, »ich will nicht pietätlos sein, aber Tatsache ist doch nun mal, dass die Leute in der Regel, lange bevor wir kommen, wissen, dass etwas schiefläuft in ihrer Firma. Und sauer sind sie dann nicht etwa auf uns, sondern auf ihre Geschäftsleitung. Die ist es nämlich, die sie oft schon monatelang belogen hat über die wahre Situation. Wir sorgen dann wenigstens dafür, dass sie ihre noch ausstehenden Gehälter bekommen und eine angemessene Abfindung ...«

»... und dass sie dann den Job verlieren«, nickte Ritter mit verhaltenem Spott, und Stark erhob sich.

Gegen so eine Frau ums Sorgerecht zu kämpfen musste grausam sein, dachte er. Allein was die schon für eine professionelle Kälte ausstrahlte, brrr. Da kam doch der härteste Macho ins Frösteln.

»Ja«, nickte Sybille Bohrmann, »manchmal ist eben nichts zu ändern. Manchmal muss man eben zweihundert Mann entlassen, um hundert Arbeitsplätze zu retten. Das ist so.« Sie zeigte ihr makelloses Gebiss.

Genau so stellte sich Stark das Lächeln der Schneekönigin vor. *Du bekommst unsere Kinder nicht, Schatz.* Da wurden Vulkane zu Eisbergen.

Ritter fürchtete sich nicht vor kalten Frauen. Im Gegenteil, die nahm er sportlich, und so rückte er noch näher an Sybille Bohrmann heran.

»Und das Ganze«, sagte er, »machen Sie alles natürlich nur zum Wohle der Menschheit. – Richtig?«

»Das ist ein bisschen albern«, erwiderte Sybille Bohrmann kühl. »Selbstverständlich verdienen wir damit unser Geld, und auch nicht wenig. Aber nur, weil es unser Vorteil ist, muss es noch lange nicht der Nachteil der anderen sein. So funktioniert Kapitalismus.«

Danke für die Aufklärung, Madame Eisblock, dachte Stark. Es ist immer schön, wenn man daran erinnert wird, wo man lebt.

»Hatte Francke Feinde?«, erkundigte sich Ritter.

Natürlich hatte er die, dachte Stark, und vermutlich nicht zu knapp. Bei Insolvenzverwaltern gehören Feinde zum Berufsrisiko.

»Er ist zuverlässig, kompetent«, antwortete Sybille und lehnte sich zurück. »Die Fälle, die er bearbeitet hatte, sind glatt durchgegangen.«

»Gut«, nickte Ritter und beugte sich noch weiter vor, »dann hätten wir jetzt gerne mal die Akten zu diesen Fällen.«

»Gerne.« Sybille Bohrmann hob die Hände. »Aber ich denke mal, Sie vertun Ihre Zeit. Kommen Sie mit?«

Durch Glastüren ging es zurück zum gläsernen Lift und wieder siebzehn Stockwerke hinunter ins Entree mit dem Ebenholztresen vor der gebürsteten Stahlwand.

»Frau Ewald?«

Die Dame am Tresen sah fragend auf.

»Ich bräuchte bitte die Akten der Francke-Projekte«, sagte Sybille Bohrmann.

»Alle?«

Sybille Bohrmann sah die Kommissare an und gab die Frage weiter: »Alle?«

»Alle«, nickte Ritter.

»Alle«, echote Sybille Bohrmann und lächelte Frau Ewald bedauernd an.

»Wie war denn Francke so?«, fragte Stark, während sie auf die Akten warteten. »Wie kamen Sie denn mit ihm aus?«

»Ich war seine Vorgesetzte«, antwortete Sybille

Bohrmann und versicherte: »Da gab es gar keine Probleme.«

»Gab es denn in letzter Zeit irgendwelche strittigen Projekte?«

»Nicht dass ich wüsste«, erwiderte sie, ohne zu zögern, und setzte mit Nachdruck hinzu: »Zahlen sprechen da eine sehr eindeutige Sprache.«

Und trotzdem kann man sie manipulieren, dachte Stark.

Die Kommissare nahmen zwei umfangreiche Stapel mit Aktenordnern in Empfang, verabschiedeten sich und gingen.

Und noch im Auto bekam Stark das Frösteln, wenn er an Sybille Bohrmann dachte. Ich muss auf meinen Sohn aufpassen, nahm er sich vor.

SECHS

Thomas ist tot! Irgendwann war es klar. Irgendwann hatte Eva begriffen, dass all ihre Träume, die so kurz vor der Erfüllung standen, nicht wahr werden würden. Ihr Liebster war gestorben. War es ein Unfall gewesen? Ein Dummer-Jungen-Streich? Mord?

Eva kannte den Weg zur Brücke, war ihn selbst oft gefahren. Mit dem Rad brauchte man kaum vier Minuten dahin. Steine gab es auch genug, überall, jeder konnte das Ding geworfen haben ... Aber Mord? Thomas war doch kein schlechter Mensch. Er hatte einen Beruf, der Folgen hatte für andere Menschen – aber das haben auch viele andere Berufsgruppen: Krankenschwestern, Polizisten, Richter ... Thomas hatte doch niemandem was getan! Er war immer so herzlich, so fürsorglich – und er hatte sich so auf die Kinder gefreut.

Eva starrte auf ihren Bauch. Zwillinge! Wie sollte das bloß weitergehen? Ohne ihn? Wie sollte sie das schaffen? Eine Witwe mit zwei Kindern? Ein Drittel aller alleinerziehenden Mütter in Deutschland lebten in Armut von bescheidenen Sozialleistungen – sollte sie fortan dazugehören? Das Haus war noch nicht mal zur Hälfte abbezahlt, und selbst wenn sie es jetzt sofort verkaufte, würde sie auf einem riesigen Berg Schulden sitzen bleiben. Das konnte sie allein gar nicht stemmen. Es war aus. Einfach aus.

Eva hatte sich auf die Couch gelegt und die Augen geschlossen. Vielleicht in der Hoffnung, nur geträumt zu haben, wenn sie wieder aufwachte. Thomas war wieder da und ärgerte sich, weil sie die Einkäufe nicht getätigt hatte – wo er doch kochen wollte.

Aber Eva schlief nicht ein – und Thomas kam nicht wieder. Es war merkwürdig, aber sie konnte es nicht begreifen. Wie konnte jemand einfach so sterben? Und was sollte aus den Kindern werden, die da in ihrem Bauch strampelten?

Gegen Mittag klingelte es an der Tür, aber Eva machte nicht auf. Sie wollte allein sein, mit niemandem reden. Aber die Klingler ließen nicht locker. Sie kamen über die Terrasse ins Haus. Zwei Psychologen, Seelsorger, die die Polizei geschickt hatte. Sie redeten und redeten. Von Gott und Trost, Trauerarbeit und Schicksalen, die es zu bewältigen galt. Aber Eva wollte keine Schicksale bewältigen. Sie wollte nicht trauern. Sie wollte ihren Thomas zurück. Sie glaubte weder an Gott noch an Trost. Den konnte es nicht geben, wenn Menschen so sinnlos sterben mussten.

Am Ende hatte Eva die Seelsorger rausgeschmissen. Sie war zum Kiosk gegangen und hatte sich Zigaretten gekauft. Ihre alte Marke. Erst vor sieben Monaten hatte sie damit aufgehört. Zusammen mit Thomas. Weil sie beide schwanger waren. Weil sie sich auf die Kinder freuten. Aber jetzt war Thomas tot, und sie hatte Angst. Angst vor dem, was kommen würde. Es war egal, ob sie rauchte oder nicht – ihr Leben war ohnehin zerstört.

Sie ging in den Garten und steckte sich eine an. Komisch, früher konnte sie zwanzig Zigaretten am Tag rauchen, jetzt wurde ihr schon bei den ersten Zügen schwindelig. Aber es tat gut. Und es beruhigte.

»Das solltest du nicht tun.«

Eva fuhr herum. Hinter seiner Mauer stand Harald Reling und starrte sie vorwurfsvoll an.

»Ich wüsste nicht, was dich das angeht«, fauchte sie ihn an und fing an zu weinen. Dieser Idiot! Dieser schreckliche Querkopf. Immer musste er anderen Leuten sagen, was sie zu tun hatten. Was wusste er schon? Nichts, verdammt noch mal, absolut nichts. Der war in seinem eigenen Kosmos gefangen, der hatte doch keine Ahnung, noch nie!

Thomas, Eva und Harald kannten sich noch aus der Schulzeit. Früher waren sie einmal befreundet gewesen, und eine Zeit lang hatte Eva geglaubt, dass sich die Männer wegen ihr zerstritten hatten. Aber so war das nicht. So dachte Harald nicht, der war viel komplizierter. Der war nicht eifersüchtig, der lebte in seiner eigenen, seltsamen Welt. Die Probleme hatten angefangen, als Thomas ihm einen Job als Justiziar bei Moggenhauer verschafft und sie sich gemeinsam die beiden Doppelhaushälften gekauft hatten. Doch Haralds unverbesserliche Quertreibereien kosteten Thomas fast den Job. Er musste sich von ihm distanzieren – ihn verraten, wie Harald es nannte. Seitdem bekämpften sie sich. Jeder Mist war gut genug, um sich gegenseitig vor Gericht zu zerren. Jeder wollte recht haben. Nur darum ging es. Aus Freundschaft war Hass geworden.

»Eva!« Harald war nahe an seine Mauer herangekommen und hob hilflos die Arme. »Es … Ich … ähm … Es tut mir leid.« Er sah sie offen an. »Streit hin oder her – das wollte ich nicht.«

Eva starrte ihn finster an: Was wollte er nicht?

»Wenn ich irgendetwas für dich tun kann …«

»Lass mich endlich in Ruhe«, rief sie verzweifelt. »Einfach in Ruhe!« Und dann rannte sie ins Haus. Sie konnte nicht mehr. Es ging einfach nicht.

Bitte, flehte sie hilflos, wenn es irgendwas Überirdisches gibt, dann lass es die Zeit zurückdrehen. Gib mir eine Chance! Dreh die beschissene Zeit zurück, damit ich Thomas davon abhalten kann, in sein Auto zu steigen! Wir haben doch bald zwei Kinder!

Vergebens. Es gab nichts Überirdisches. Niemanden, der die Geschicke lenkt, und die Zeit zurückdrehen konnte. Eva musste allein klarkommen.

SIEBEN

Brückenwache. Ritter und Stark hatten sie übernommen. Seit dem frühen Morgen waren sie hier, obwohl es wenig wahrscheinlich war, dass sich die Steinewerfer von gestern nach dem schrecklichen Vorfall noch mal hierherwagen würden.

Es war wieder empfindlich kalt geworden, das übliche Berliner Winterwetter: Sonnenschein und Minusgrade.

Die Kommissare wechselten sich ab, sodass immer einer im geheizten Auto bleiben durfte. Ritter hatte eine Tüte Burger und Muffins mitgebracht, dazu eine Anderthalbliterflasche Vanilla-Coke, obwohl Stark lieber Schwarzbrot aß und heißen Tee dazu trank. Aber der Cowboy liebte es nun mal amerikanisch. Vor allem wenn man wie ein Detective aus einem Ami-Thriller stundenlang am Highway im gut getarnten Wagen saß, der aufgehenden Wintersonne zusah und aufs Verbrechen wartete.

Am Abend wollte er sich wieder mit der schönen Russin treffen, weshalb er sich ein bügelfreies orangefarbenes Hemd angezogen hatte, das auch nach stundenlangem Sitzen nicht knitterte. Dazu die neuen Schlangenlederboots, die machten Eindruck. Prüfend besah er sich im Rückspiegel und zog seinen akkubetriebenen Trockenrasierer hervor. Wenn er seinen Dreitagebart jetzt etwas stutzte, musste er bis zum Abend genau richtig sein. Nadeshda, *ja ljublju tebja*.

Das Handy riss Ritter aus seinen romantischen Gedanken. Aber es war nicht sein Handy, das da piepte, sondern Starks.

»Felix!«, rief er, doch der Kollege stand schon seit einer guten halben Stunde in der Kälte an der Böschung unter der Autobahnbrücke und starrte gedankenverloren durch einen Feldstecher auf den Verkehr. Wahrscheinlich sann er wieder über seine Exfrau nach, die plötzlich Mutter spielen wollte, und hatte Panik, dass sie ihm den Sohn wegnehmen könnte. Und womöglich war sie es sogar, die da so nachdrücklich anrief. »Feee-lix«, rief Ritter noch einmal, »dein Typ wird verlangt!«

Vergebens. Entweder war der Verkehr auf dem Stadtring zu laut, oder Felix wollte nicht hören.

Schließlich hielt sich Ritter das Handy ans Ohr. »Bei Stark?«

Himmel, was für eine heiße Frauenstimme. Und sie sächselte so süß: »Nu, isch wollt ma den Herrn Stark spreschn. Is der da?«

»Ja.« Mann, dachte Ritter, wenn die Frau nur halbwegs so aussieht, wie sie klingt, muss das ein sündhaft heißer Feger sein. Und dann diese Stimme! »Moment«, stammelte er verwirrt, pfiff laut und rief ein drittes Mal nach Felix: »Hey!«

»Isch bin die Mandy«, setzte die süße Stimme hinzu.

»Ja«, wiederholte Ritter und schälte sich aus dem Auto, »einen kleinen Moment bitte, der ist da.«

»Tut mir wirklisch leid, dasses noch so früh is«, entschuldigte sie sich und klang wirklich bezaubernd, »aber isch gomm praktisch aus der Nacht.«

»Macht nichts, ähm …« Ritter ging mit dem Handy am Ohr rüber zu Stark.

»Sie sind vermutlisch sein Kollege?«

»Ja.«

»Auch bei der Mordgommission?« Mandy schien neugierig zu sein. Und ziemlich verlegen, denn sie lachte so niedlich. Ritter war völlig hin.

»Ja«, sagte er begeistert, »ja, ja ...« Er hielt Stark das Handy hin. »Felix? – Mandy.«

Stark nahm das Mobiltelefon und hielt es sich ans Ohr. »Ja?«

»Wer ist denn Mandy?« Ritter konnte es kaum glauben.

»Ja genau, das geht in Ordnung«, sagte Stark ins Handy und lächelte.

Aha, dachte Ritter, jetzt verabreden sie sich.

»Genau, auf dem Polizeirevier.«

Super! Ritter grinste. Dann lernte er die süße Mandy ja auch mal kennen.

»Genau«, machte Stark und verabschiedete sich. »Danke!« Dann steckte er das Handy ein.

Ritter sah ihn prüfend an: »Was Ernstes?«

»Sehr ernst«, antwortete Stark. »Ich brauch 'n Kindermädchen. Meine Mutter ist im Urlaub.«

»Ist ja nicht gerade der richtige Zeitpunkt, um Oma in Urlaub zu schicken, was?« Ritter fröstelte, und sein Atem dampfte in der kalten Winterluft beim Sprechen. »Was ist eigentlich mit Weber?« Er guckte auf die Armbanduhr. »Der müsste doch längst da sein. – Dieser ...« Er meinte Reling, den querköpfigen Nachbarn der Eva Francke. »... dieser Typ müsste jetzt schon bei uns auf der Dienststelle sein.«

»Es gab doch nie einen idealen Zeitpunkt«, überlegte Stark melancholisch, »um meine Mutter in den Urlaub zu schicken.«

Über den Seitenstreifen neben der Autobahn näherte sich ein Wagen und hielt unter der Brücke. Weber stieg aus.

Er trug wie immer seine karierte Schiebermütze und war ausgerüstet wie für eine Antarktisexpedition. Mit Thermoskanne und Stullenbox für den großen Hunger, seine Füße steckten in dicken Snowboardstiefeln aus Thermopren, und für den Fall, dass es sich die Sonne an diesem Morgen anders überlegen und wieder untergehen sollte, hatte er ein Präzisionsfernglas mit Stabilisationsautomatik und Restlichtverstärker dabei.

»Der Herr Weber«, sagte Ritter. »Auch schon da?« Ungeduldig tippte er auf seine Uhr. »Wird ja höchste Zeit. Wir müssen los!«

»Ihr müsst überhaupt nich los«, widersprach Weber. »Euer Rechtsverdreher ist nämlich nicht uffjetaucht. Obwohl er ville Zeit hätte. Hat nämlich keene Arbeit, der Herr.«

Ritter nahm Webers Stullendose und sah nach, was so Essbares drin war. Salami- und Käsebrote, na ja.

»Ist überall rausjeflogen, der Reling.« Weber nahm ihm die Stullendose wieder ab. »Scheint, als würdet keener länger als'n paar Monate mit dem aushalten. – Nun ratet mal«, Weber machte eine gespannte Pause, »wo der vor einem Jahr rausjeflogen is?«

Ritter und Stark sahen sich einen Moment lang ratlos an.

»Bei Moggenhauer!« Endlich machte es klick.

»Richtig«, lobte Weber, »bei Moggenhauer.«

»Und wieso ist er da rausgeflogen?«

»Na, wejen seiner krankhaften Streitsucht. Störung des Betriebsfriedens.« Weber verteilte heißen Kaffee aus der Thermoskanne. »Hat er natürlich jegen jeklagt. Und verloren. Und Widerspruch einjelegt.«

»Also Weber«, Ritter sah missbilligend auf dessen Thermoprenstiefel, »gegen deine Schuhe würde ich auch Widerspruch einlegen.«

Weber guckte verblüfft auf seine Füße. »Pass ma uff, Tilli«, stellte er klar, »aus dem Alter bin ick raus, in dem ick schnieke sein muss. Ick hab lieba warme Beene. Wer weeß, wie lange ick hier noch rumstehen muss.«

»Was ist mit dem Stein?«, fragte Ritter.

»Na, die äußere Form passt. Aba …«

»Keine Fingerabdrücke?«

»Genau, weil die Kiddys nämlich Handschuhe anhatten«, sagte Stark.

»Nein, weil die Oberfläche zu rau ist«, betonte Weber, »da kannste keene Fingerabdrücke abnehmen.«

»Ach«, machte Ritter plötzlich und griff zum Fernglas, »wenn man vom Teufel spricht!« Er beobachtete die Brücke, über die eben zügig ein Radfahrer geradelt kam. »Reling!« Und es sah nicht so aus, als ob er zu Ritter und Stark in die Dienststelle wollte.

Die Kommissare sahen sich an. Na, den würden sie sich vorknöpfen. Und zwar gleich.

***

Drei Minuten später standen sie vor seinem Haus. Schneller, als es Reling mit dem Rad schaffen konnte. Wenn die Straßen frei waren, war das Auto nicht zu schlagen.

»Warten Sie auf mich?« Reling radelte heran und

schloss sein Fahrrad an den Zaunpfahl. »Das Problem ist doch erledigt. Die Steine sind schon abgeholt.«

»Wir haben kein Problem«, knurrte Ritter, »Sie haben ein Problem: Sie sind unserer Vorladung nicht gefolgt.«

»Sie haben es wohl immer noch nicht kapiert, was?« Reling lächelte nachsichtig. »Ich lasse mich nicht vorladen. Da müssen Sie mich schon holen.«

»Na gut«, Ritter zeigte auf den Wagen. »Dann möchte ich Sie bitten, mal einzusteigen.«

Reling atmetete tief durch und griff nach seiner Tasche. »Das werden Sie noch bereuen.«

»Das glaube ich nicht.« Ritter öffnete die Tür zum Fond und sah zu, wie sich Reling hineinsetzte.

Stark nahm neben ihm Platz, damit er nicht abhauen konnte. Nebenan öffnete sich die Haustür, und Eva Francke kam fröstelnd heraus.

»Hallo, Frau Francke!« Ritter ging auf sie zu. »Wie geht es Ihnen denn?«

Nicht gut, das sah man sofort. Ihren Augen waren verheult und rot.

»War es Reling?«, fragte sie.

»Halten Sie das für möglich?«

»Ich weiß nicht.« Eva Francke schüttelte den Kopf. »Diese ganzen Streitereien zwischen meinem Mann und ihm … Da war einer so stur wie der andere.«

Ritter guckte nachdenklich zum Wagen zurück. Hatten sie schon den Mörder? War Reling der Mann, den sie suchten?

»Angefangen hat es, als mein Mann ihn angezeigt hat«, sagte Eva Francke. »Er ist immer mit neunzig durch die Spielstraße gerast. Er musste den Führerschein abgeben.«

»Aber Reling und Ihr Mann, die haben doch mal in derselben Firma gearbeitet?«

»Ja«, nickte Eva Francke bitter, »die beiden waren sogar mal befreundet. Aber das ist lange her.«

ACHT

Auf der Fahrt zurück in die Dienststelle ließ es sich Reling nicht nehmen, die Kommissare über seine Rechte aufzuklären. Immerhin sei er studierter Jurist und kenne das Gesetz. Er verlange vollumfängliche Akteneinsicht, um sich auf die Befragung vorbereiten zu können. Zudem wisse er noch immer nicht, was ihm eigentlich vorgeworfen werde.

Also ließen ihn die Kommissare schmoren. Stark versorgte ihn mit den nötigen Akten, und Ritter knurrte, dass er sich von so einem Hansel nicht an der Nase herumführen lasse.

»Soll er warten. Der wird schon noch kooperieren. Wenn er die Gesetzte so gut kennt, dann weiß er auch, dass wir ihn hier achtundvierzig Stunden lang festhalten können.«

Doch zunächst hielt Reling die Kommissare in Atem. Er verlangte erst einen Ventilator, weil die Luft so stickig sei, dann Stift und Papier, Zugang zu einem Kopiergerät und diverse Textmarker, damit er sich bestimmte relevante Stellen in den Akten anstreichen konnte. So war zumindest Weber dauernd auf Trab.

»Euer feiner Anwalt will jetzt och noch 'n Cappuccino«, klagte er, als er mal wieder ins Büro von Ritter und Stark kam, um den Ermittlungsstand zu aktualisieren.

»'n Glas Wasser kann er kriegen«, sagte Ritter.

»Der Schuldirektor hat angerufen«, erklärte Weber. »Es gibt keene Jungs in dem Alter, die morgens über die Brücke müssen.«

Ritter sah auf. »Und die Observation?«

»Ein paar Spaziergänger«, zählte Weber auf, »Hundebesitzer, een Jogger. Radfahrer.« Er winkte ab. »Keene Terroristen, keene Kinder, keene Steinewerfer.«

»Super«, fand Ritter das.

Weber sah ihn mitleidig an und ging wieder zur Tür, wo er fast mit einer jungen Frau zusammenprallte, die offenbar hereinwollte. Bereitwillig hielt er ihr die Tür auf und ließ sie ins Büro.

»Danke«, sagte die junge Frau und lächelte Ritter an: »Hallo!«

Dem Cowboy verschlug es erst mal die Sprache. Heiliger Strohsack, was für eine Granate! Höchstens fünfundzwanzig, lange schwarze Haare, eine Superfigur und ein Gesicht wie aus dem Bilderbuch. Vor ihm stand ein weibgewordener Männertraum, und das hieß für ihn: Statur zeigen!

»Hallo-ho«, machte er anerkennend und schraubte sich aus seinem Sitz, damit auch er in voller Größe zu bewundern war.

»Isch bin die Mandy«, strahlte ihn die Granate an.

»Die Mandy«, wiederholte Ritter und rang um Coolness und Fassung. »Hi!«

»Das neue Kindermädschen«, setzte Mandy erklärend hinzu, und wie süß sie ihn ansah, wie goldig sie sächselte – Ritter brannte lichterloh.

»Ah«, machte Ritter, »das neue Kin... ja, dann ... ähm ... dann wollen Sie sicher zu meinem ...« Er zeigte auf Stark. »... meinem Kollegen.«

Stark erhob sich. »Tach!«

»Oh!« Mandy war sichtlich enttäuscht. Was völlig klar war, denn solche Mädels standen natürlich auf richtige Männer.

»Nehmen Sie doch Platz!« Eilig schob ihr Ritter seinen Stuhl hin und bedachte Stark mit vielsagenden Blicken. Jetzt bloß nichts falsch machen, signalisierten sie, bloß keine Fehler, klar!

»Danke!« Mandy ließ sich in Ritters Sessel fallen und blickte sich ehrfurchtsvoll um. Vermutlich war sie das erste Mal bei echten Kriminalkommissaren.

»Ja, also«, begann Stark, »mein Junge ist acht Jahre alt …«

»Kein Problem«, versicherte Mandy.

»… und es geht darum, dass Sie relativ …« Stark stockte, weil Mandy und Ritter offenbar schon ihr eigenes Ding am Laufen hatten: Verführerisch sah sie ihn an, und der Cowboy spreizte sich wie ein Pfau, wiegte und drehte sich in seinen engen Jeans, damit Mandy auch die fette Dienstwaffe am Holster bestaunen konnte.

»… also dass Sie relativ flexibel sein müssen«, versuchte Stark seinen Satz zu Ende zu bringen, »weil ich meine Arbeitszei…«

Baff, machte es.

Ritter hatte ungeschickterweise einen Aktenordner fallen lassen. Jetzt lag er genau neben Mandys schönen Beinen auf dem Fußboden.

»Verzeihung.« Ritter bückte sich grinsend, um den Ordner wieder aufzuheben, und Mandy drehte ihre lederbestiefelten Beine noch weiter zu ihm hin.

»Geht's?«, hauchte sie.

»Immer besser«, erwiderte Ritter und kam nur sehr langsam wieder hoch.

»Weil ich meine Arbeitszeiten nicht so planen kann«, wurde Stark lauter. »Haben Sie so etwas schon mal gemacht?«

»Na klar.« Mandy blickte irritiert auf. »Kein Problem für mich. Haben Sie einen Fernseher?«

»Ja«, nickte Stark, und Mandy jauchzte, weil sie Ritters Handschellen auf dem Schreibtisch entdeckt hatte.

»Ich möchte aber nicht«, mahnte Stark, »dass mein Junge so viel fernsieht.«

»Ach, das muss der och nich«, winkte Mandy lächelnd ab und bewunderte die schweren Stahlfesseln. »Aber isch. – Wow«, machte sie, als Ritter ihr behutsam die Handschellen wieder abnahm, und lachte verlegen. »Kann isch von Ihnen ein Glas Wasser haben?«

»Wasser? Na klar!« Ritter spielte lässig mit den Handschellen. »Sie können auch 'nen Cappuccino kriegen.«

Stark verdrehte die Augen.

»Och gut«, fand Mandy das, biss sich verführerisch auf die Lippen und lehnte sich erwartungsvoll im Sessel zurück.

Weber kam wieder herein. »Langsam wird er unjeduldig.«

Ritter bedeutete Stark gestenreich, ihn bei diesem Reling gleich abzulösen, damit er sich wieder um die schöne Mandy kümmern konnte, und wandte sich dann Weber zu.

»Ähm, mach mir doch mal ganz schnell 'nen schönen Cappuccino, ja?« Er klopfte Weber auf die Schultern. »Zack, zack.«

»Nun also doch, ja?«

Ritter nickte Mandy zu und ging aus dem Raum, um Reling zu befragen.

»So, Herr Reling!« Ritter schloss hinter sich die Tür zum Vernehmungsraum. »Sie haben gerufen, was kann ich denn Gutes für Sie tun, mhm?«

»Sie können mich nicht einfach verhaften wie einen gemeinen Verbrecher.« Reling schaltete den surrenden Ventilator ab. »Ich sage nichts. Ich möchte einen Anwalt.«

»Einen Anwalt«, wiederholte Ritter nicht ohne Spott. »Jetzt brauchen Sie auf einmal einen Anwalt?« Er ging langsam auf Reling zu. »Sie sind doch so ein Super-Jurist. Jetzt stellen Sie sich mal vor, Sie sind Haftrichter.«

Reling nickte verstehend. Juristische Problemstellungen diskutierte er gern. Auch mit Kriminalbeamten. Er erhob sich, ging nachdenklich im Raum auf und ab.

»Ich komme mit einem Mann zu Ihnen«, so Ritter weiter, »der hat eine Mauer gebaut. Grund für den Mauerbau ist der Hass auf den Nachbarn.« Ritter verschränkte die Arme über der Brust und sah Reling erwartungsvoll an. »Und jetzt wird ein Anschlag verübt auf den Nachbarn. Mit einem Stein, der dem aus der Mauer gleicht.« Ritter stützte sich am Tisch ab und beugte sich vor. »Jetzt hat der Mann aber kein Alibi«, sagte er eindringlich. »Was machen wir denn da jetzt?«

Reling beugte sich an der anderen Seite des Tisches ebenfalls vor. »Ich war zu Hause«, sagte er. »Allein.«

Beide Männer sahen sich lauernd an.

»So was soll vorkommen, wenn man alleine lebt«, setzte Reling langsam hinzu.

Die Tür öffnete sich, und Stark kam herein, aber niemand achtete auf ihn.

»Kennen Sie die Brücke?«, fragte Ritter.

»Nein«, antwortete Reling, und es war klar, dass er log.

»Wir haben Sie aber mit dem Fahrrad darüber fahren sehen«, stellte Stark fest.

»Ist das verboten?« Reling kam wieder um den Tisch herum.

»Darum geht es nicht«, sagte Stark, setzte sich an eine Schreibmaschine und zog einen Bogen Papier ein. »Es geht darum, dass Sie lügen.«

»Ist das verboten?« Reling war unverbesserlich.

»Nein«, rief Ritter, »nicht, wenn Sie sich anderweitig selbst belasten würden. Womit wir einen Schritt weiter wären.« Er schob ihm ein Telefon hin. »Wollten Sie nicht telefonieren?« Er wandte sich zur Tür, um sich wieder der reizenden Mandy zuwenden zu können, doch Reling trat ihm in den Weg.

»Das ist doch ein uralter Trick. Wirklich uralt, Herr Kollege.« Reling seufzte, als müsse er ihm einfachste Grundlagen beibringen. »Jetzt versuchen Sie einmal, logisch zu denken: Der Mörder ist ein querulantischer Streithansel«, Reling begann dozierend durch den Vernehmungsraum zu laufen, »der zufälligerweise mit dem Opfer eine kleine Auseinandersetzung hat.«

Die Tür ging auf, und eine Polizeibeamtin kam mit dem Cappuccino herein.

»Nee, der ist für …« Mandy, wollte Ritter noch hinzufügen, doch Reling kam ihm zuvor:

»Vielen Dank, mein Cappuccino, endlich.« Schon hatte er der Beamtin das Glas abgenommen.

Ritter war fassungslos. Stark feixte.

»Also«, fuhr Reling in seinem dozierenden Ton fort und rührte gelassen den Cappuccino um, »ich weiß ja nicht, wie Sie arbeiten.« Er setzte sich Stark gegenüber.

»Aber ich werde bei so was sofort misstrauisch.« Er kostete vom Cappuccino und genoss einen Moment. »Ich habe nichts getan«, stellte er fest und erhob sich wieder, um seinen Gang durch das Vernehmungszimmer fortzusetzen. »Ich werde von zwei unangenehmen Typen mit ziemlich unangenehmen Fragen belästigt.«

»Die Fragen werden gleich noch viel unangenehmer«, drohte Ritter, der ihm den entwendeten Cappuccino übel nahm. »Herr Reling!«

»Falsch«, entgegnete Reling mit oberlehrerhaftem Gehabe. »Wenn Sie keinen Haftbefehl gegen mich haben ...«

»So«, unterbrach Stark, denn auch ihm reichte es langsam. »Sie sind geboren wann?«

»Ach, lassen Sie das.« Reling beugte sich zu Stark vor und sprach wie zu einem trotzigen Kind. »Das ist kein Wahn, das ist die Wirklichkeit. Ich kann jederzeit gehen.« Und an Ritter gewandt setzte er hinzu. »Ich kenne die Regeln.«

»Ja, aber Sie halten sich nicht an die Regeln«, erwiderte Ritter, dem gleich der Kragen platzte. »Sie fahren mit neunzig km/h durch eine Spielstraße«, wurde er lauter. »Sie nehmen den Tod von Kindern in Kauf.« Er baute sich vor Reling auf. »Ihnen ist alles zuzutrauen.«

»Das Verfahren wurde gegen Bezahlung einer Geldbuße längst eingestellt.« Reling schenkte ihm ein müdes Lächeln. »Sie haben nichts gegen mich vorliegen.« Er ging zur Tür und verabschiedete sich. »Meine Herren!« Und weg war er.

Arschloch, dachte Ritter.

»Tja!« Stark riss den Bogen Papier aus der Schreibmaschine und zerknüllte ihn. »Wo er recht hat, hat er recht. Wir haben ja nichts in der Hand.« Er warf Ritter die Papierkugel zu, doch der konnte sie nicht fangen. Nicht mal das!

Wütend schoss Ritter die Kugel mit dem Fuß in eine Ecke.

NEUN

Zurück zur Brücke am Südgelände. Hier war die Tat passiert, sie war bislang der einzige Anhaltspunkt, die einzige Verbindung zum Verbrechen. Eine Fußgängerbrücke, die auch von Skatern, Radfahrern und Hundebesitzern genutzt wurde. Die vom Südbahnhof über die Autobahn zum Naturpark Südgelände führte. Von der man in fußläufiger Entfernung zum Sonnenblumenweg in Moggenhauer-Town am Insulaner kam und zur Elisabeth-Schule. An einer Baustelle vorbei, wo man Steine stehlen konnte, Betonklötze wie jener, der auch Thomas Francke das Leben gekostet hatte. Das war's. Mehr hatten sie nicht. Und nun?

Entsprechend ratlos hockten die Kommissare an der Böschung und sahen auf den lärmenden Verkehr auf der Stadtautobahn.

»Weißt du«, sagte Stark nach einer Weile versonnen, »Australien: Das war unser Traum. Da wollten wir immer mal hin. Als Sebastian vier war, habe ich ihm ein Bilderbuch über Australien geschenkt.« Er seufzte. »Und den Typen, den kenn ich nicht mal.«

»Welchen Typen?«

»Na hier, Louisas Neuen.« Stark hob die Schultern. »Der jetzt Bastis Papa spielen will. Soll der doch die Finger von meinem Kind lassen und sich selber welche machen.«

»Also, der wird dich als Vater niemals ersetzen«, sagte Ritter.

Nee, das nicht, dachte Stark. Das hat die Frau vom Jugendamt auch gesagt. Und tröstend hinzugefügt, dass er sich nicht sorgen sollte, selbst wenn Sebastian mit der Mutter für länger nach Australien gehen sollte – spätestens wenn der Junge volljährig war, würde er sich an seinen Vater erinnern und ihn besuchen. Na prima! Am liebsten hätte er die Tussi für den blöden Spruch erschlagen.

Sein Handy klingelte. Stark zog es hervor und hielt es sich ans Ohr. »Ja. – Ah, Sandy, ja …«

»Mandy!« Sofort wurde Ritter hellwach. »Gib sie mir mal!«

»Ja, die Stelle ist noch frei«, sprach Stark ins Mobiltelefon und lauschte. »Ja, ist aber im Moment ein bisschen schlecht. – Ich ruf dann zurück, ja? Okay!«

»War das jetzt Mandy?«

»Nee«, antwortete Stark. »Mandy war gestern. Das war Sandy.«

»Ah.« Ritter verstand und nickte. »Trotzdem: Also ich fand die Mandy ja gar nicht so schlecht.«

»Echt?« Stark grinste.

»Ja«, bekräftigte Ritter.

»Ruf sie doch mal an!«

»Mhm.« Ritter nickte und deutete unauffällig zur Brücke hin. Da hatten sich wieder ein paar Schüler versammelt – und es sah ganz danach aus, als ob sie wieder gemeingefährlichen Unsinn ausheckten.

»Los«, zischte Stark.

Die Kommissare kletterten an einer von der Brücke aus nicht einsehbaren Stelle die Böschung hoch und schlichen über die spiralförmige Rampe, die es Rad- und Rollstuhlfahrern sowie Leuten mit Kinderwagen ermöglichen sollte, stufenlos auf die Brücke zu kommen.

Einer der Jungs stand Schmiere. Zwei andere waren

damit beschäftigt, ein Kondom mit Cola zu füllen. Um was damit zu tun? Es auf die heranrasenden Autos unten auf dem Stadtring zu werfen?

»Hey!«, brüllte Stark und rannte los. »Stopp mal mit dem Scheiß! Polizei!«

Natürlich wollten die Jungs sofort stiften gehen, doch Ritter stand im Weg und schnappte sich zwei. »Was soll'n das werden, wenn's fertig ist!« Den Dritten hatte Stark am Schlafittchen. »Was ist' n das?«

Wie auch immer, die Beweise waren eindeutig.

***

Da standen sie nun, so zwischen zehn und zwölf Jahre alt, und hießen Robert, Jakob und Tobias. Während der Größte der drei, Tobias, kein Wort mehr herausbekam und den Tränen nahe war, machte Jakob, der Kleinste, auf großen Macker.

»Hey, hey, hey, Vorsicht, Mann!«, rief er, als Ritter seinen Rucksack auf dem Tisch im Büro auskippte und neben Schulheften und Büchern ein altes Fernglas und offenbar geklaute Comichefte fand.

»Ich will meinen Anwalt.«

»Ich glaub, du guckst 'n bisschen viel Fernsehen«, sagte Ritter. »Wer ist denn ›dein Anwalt‹?«

»Na, mein Alter«, erwiderte Jakob lässig und überzeugt, dass der ihn hier schon wieder rausboxen würde.

»Das kannst du haben«, sagte Ritter. »Der ist schon unterwegs.« Und so wie der Vati am Telefon klang, hatte der Sohnemann schmerzliche Sanktionen zu erwarten. Bis dahin gab es getrennte Vernehmungen.

Als Erstes nahm sich Ritter den stillen Tobias vor. Das war der Größte und vermutlich auch der Älteste, hatte allerdings die schwächsten Nerven.

»Das ist 'ne ernste Sache hier«, knurrte ihn Ritter eindringlich an. »Da gibt's 'nen Toten, weißt du, was das heißt? Da ist ein Mensch ums Leben gekommen.« Ritter sagte es sehr deutlich, und mit jedem Wort wurde er wütender. Herrgott noch mal, wenn jetzt schon Kinder so einen Blödsinn machten, war man ja nirgendwo mehr sicher. Was war eigentlich los in der Welt, dass sich die Erwachsenen zwar um jeden Scheiß, aber nicht mehr um ihre Kinder kümmern konnten?

»Wie alt bist du?«

Der Junge bekam kein Wort heraus und duckte sich angstvoll weg.

»Hey!«, rief Ritter und schlug mit der Faust auf den Tisch. »Ich hab dich gefragt, wie alt du bist. Das ist nicht lustig!«

Das fand Tobias auch und fing an zu heulen.

Genervt lehnte sich Ritter zurück.

Stark, der im Nebenzimmer den blonden Robert verhörte, hatte sich neben den Jungen gesetzt und blieb ruhiger. Kinder musste man pädagogisch angehen. Mit sanfter, ruhiger Erziehung. Und immer mussten die Konsequenzen klar sein. Bei allem, was man tat:

»Soll ich jetzt runtergehen ins Archiv und die Bilder von den Verkehrstoten holen?«

Robert schüttelte den Kopf. »Wir haben die Steine nicht geworfen.«

»Ach nö.« Stark hob die Augenbrauen und verzog das Gesicht. »Ihr wart auch heute zum ersten Mal auf der Brücke, und der Stein, der ist euch einfach zufällig runtergefallen ...«

»Da waren wir öfter«, gab Robert zu. »Wir haben uns auf der Brücke immer getroffen. Aber das mit dem Kondom und der Cola, das war eine spontane Idee. Das war nicht geplant«, versicherte er. »Und mit dem Stein haben wir nichts zu tun.«

»Psst!« Ritter steckte den Kopf zur Tür herein. »Felix!«

Stark sah auf. »Komm gleich.«

Doch Ritter ließ nicht locker. »Komm!«

Stark seufzte, nickte dem Jungen zu und erhob sich. Was war denn jetzt schon wieder los?

»Die Kinder sind draußen«, erklärte Ritter und zog sich seine Lederjacke an.

Stark verstand nicht. »Wieso?«

»Es gab einen neuen Unfall an unserer Brücke.«

»Wieder mit' nem Stein?«

»Sieht so aus«, erwiderte Ritter und öffnete die Tür. »Werden wir ja gleich sehen.«

»Ja«, machte Stark fassungslos und folgte ihm hinaus.

***

»Ach du jrüne Neune«, stieß Weber nur hervor, der wie immer mit den Spurensicherern als Erster an der Brücke war. Das hatte er in seinem fast vierzigjährigen Kripodasein noch nicht erlebt. Nicht mal bei der Volkspolizei. Und da war einiges los gewesen auf den schmalen, holprigen Landstraßen der DDR. »Mann-oh-Mann!«

Polizisten sperrten die Autobahn ausgerechnet im

Nachmittagsverkehr, was auf dem Stadtring gigantische Staus und in der Innenstadt das übliche Chaos verursachen musste. Die A 100 war Berlins Lebensader – war sie verstopft, erlitt die Stadt einen Infarkt. Dies schon zum zweiten Mal innerhalb von nur zwei Tagen. Und wieder war es ein Stein, der ein Auto getroffen hatte. Es hatte die Leitplanke unterhalb der Brücke durchbrochen und stand als Totalschaden ein Stück weit entfernt auf dem Standstreifen. Die Leute von der Spurensicherung machten ihre Fotos, als Ritter und Stahl die Unfallstelle erreichten, Feuerwehrmänner hatten das Opfer aus dem Wrack geschweißt und nur noch tot bergen können.

Ritter sah sich das demolierte Auto an. »Ist ja genau der gleiche Wagen.« Ein silbergrauer BMW-Touring. Genau wie der von Francke.

»Ja«, nickte Weber, ohne voreilige Schlüsse daraus zu ziehen. »'ne Frau, um die vierzig«, meldete er stattdessen und zeigte seinen wieder in Plastikfolie eingepackten Stein. »Papiere ham wa noch nich. Wollt ihr se euch ankieken?«

Ritter nickte, und Weber führte die Kommissare zum etwas abseits wartenden Leichenwagen.

»Also, der Stein muss sie direkt jetroffen haben«, erzählte er. »Der Wagen ist dann noch hier langjeschliddert, aber da war se wahrscheinlich schon tot.«

Die Kommissare blieben vor einer Bahre stehen, denn die Leiche wurde noch rechtsmedizinisch untersucht. Trotz der erheblichen Verletzungen im Gesicht erkannten sie die Kommissare sofort.

»Sybille Bohrmann!« Die Schneekönigin! Und selbst im Tod strahlte sie noch geschäftsmäßige Kühle aus.

Stark zog sich fröstelnd die Jacke enger um die Schultern.

Nachdenklich liefen die Kommissare über die schmale Fußgängerbrücke und sahen hinunter auf die komplett gesperrte Autobahn. Wie still es war, ohne Autoverkehr. Nur das Brummen des Abschleppwagens, der eben das Wrack des BMWs auf die Ladefläche zog, störte die gespenstisch anmutende Ruhe.

»Seltsame Methode, jemanden umzubringen, was?«

Ja, dachte Stark, seltsam. Erst Thomas Francke und dann die Bohrmann. Beide lebten im selben Viertel, waren Arbeitskollegen, fuhren silberne BMWs. Das konnte kein Zufall sein.

»Da hat es jemand auf die Firma abgesehen«, vermutete Stark.

Ritter sah ihn fragend an. »Meinste, von hier oben kann man jemanden gezielt treffen?«

Keine Ahnung, woher sollte Stark das wissen? Kam wahrscheinlich auf einen Versuch an.

ZEHN

»Einmal wurden einer Mitarbeiterin die Reifen aufgeschlitzt.« Moggenhauer, Chef und Namensgeber der Unternehmensberatung, führte die Kommissare in sein Büro. Im Gegensatz zur übrigen Einrichtung waren hier die Wände nicht aus Glas, sondern blickdicht und schallgedämpft. Mit einer entsprechenden Handbewegung bot er den Kommissaren an, sich zu setzen, bevor er selbst in einem der modernen Ledersessel aus schwarzem Leder Platz nahm. Er war ein schlanker, hochgewachsener Mann mit Stirnglatze, noch keine Mitte vierzig. Und noch immer stand ihm das Entsetzen über die Nachricht vom Tod einer seiner besten Mitarbeiterinnen im Gesicht.

»Sonst ist nie was gewesen.« Ratlos sah er erst Ritter, dann Stark an.

»Welche Rolle spielte denn Frau Bohrmann hier in der Firma?«

»Sie war mein bester Mann, wenn Sie verstehen, was ich meine.« Moggenhauer lächelte schmerzlich. »Sie ist seit drei Jahren hier und hat sich ziemlich schnell hochgearbeitet. Manchen passt das vielleicht nicht.« Er seufzte. »Sie ist ja auch … na ja, nicht immer leichtzunehmen.« Er stand wieder auf, da die Kommissare sich nicht gesetzt hatten und er nicht zu ihnen aufschauen wollte.

Zumindest vermutete das Stark. Chefs schauen nicht gern auf, das war bei Wiegand genauso.

»Haben Francke und Bohrmann gemeinsame Projekte gehabt?«, erkundigte sich Ritter.

»Na, immer wieder mal«, nickte Moggenhauer. »Bohrmann machte meist die erste Bestandsaufnahme und hat dann die Arbeit weitergegeben.«

»Jetzt denken Sie doch mal nach!« Ungeduldig lief Ritter im Raum umher. »Wer könnte ein Interesse gehabt haben, Ihre Leute loszuwerden? Gab es in letzter Zeit irgendwelche Probleme?«

Moggenhauer überlegte.

Mach hin, dachte Stark, wir haben zwei Tote, und der Mörder läuft da draußen frei herum. Am Ende bist du als Nächster dran.

»Wir haben diese Spedition im Moment.« Moggenhauer zeigte den Kommissaren ein paar Papiere auf seinem Schreibtisch. »Hier: Meierhofer. Ist kein kleiner Laden. Die Fahrer glauben verzweifelt, der Betrieb sei zu retten. Gestern sagte mir Bohrmann, dass wir eventuell die Versteigerung der Fahrzeuge verschieben müssten.« Er reichte Ritter eines der Papiere und setzte mit ernster Miene hinzu: »Die Arbeiter haben angefangen, den Laden zu besetzen.«

»Hatte Frau Bohrmann private Probleme?« Stark dachte an die Auseinandersetzung mit ihrem Mann. »Ärger mit irgendjemandem?«

»Darüber weiß ich nicht viel«, antwortete Moggenhauer. »Sie hat zwei Kinder. Früher hat sich vor allem ihr Mann um sie gekümmert. Ich habe ihn angerufen. Er holt die Kinder von der Schule.«

»Und was ist mit Reling?«

Moggenhauer stutzte. »Wieso mit dem?«

Stark hob die Arme. Woher sollte er das wissen?

»Der hat bis vor einem Jahr hier gearbeitet«, sagte Moggenhauer. »Genialer Mann, aber leider völlig asozial.« Er atmete geräuschvoll aus. »Das Wort ›Kompromiss‹ kam in seinem Wortschatz nicht vor. Und Insolvenzverwaltung ist in erster Linie eines: Kompromisse schließen.«

»Mhm«, knurrte Ritter nachdenklich. Man sah ihm an, was er von Moggenhauer und seiner Insolvenzverwaltung hielt: gar nichts. Solche Typen waren zu allem fähig, bei denen zählte nur eins, und das war Geld. Profit um jeden Preis. Prüfend sah er den schlanken Firmenchef an. »Wieso wohnen so viele von Ihren Leuten eigentlich in dieser Reihenhaussiedlung am Insulaner?«

»Ich habe vor einigen Jahren die Siedlung von einem insolventen Immobilienentwickler übernommen.« Moggenhauer setzte sich jetzt doch. »Ich konnte meinen Leuten einen guten Preis machen. Und einige haben da sofort zugegriffen.«

Um sich anschließend gegenseitig umzubringen, dachte Stark. »Wie standen denn Herr Francke und Frau Bohrmann zur Kündigung von Reling?«

»Francke hat sich sogar noch für ihn eingesetzt«, antwortete Moggenhauer. »Die haben sich zwar dauernd gestritten, aber irgendwas verband die beiden.«

»Und Frau Bohrmann?«

»Die beiden haben hier miteinander harte Kämpfe ausgetragen.« Moggenhauer verzog das Gesicht. »Da wollte einer dem anderen das Revier streitig machen.«

»Und die Bohrmann hat gewonnen«, vermutete Stark.

Moggenhauer nickte.

»Ist aber ‘ne harte Niederlage für unseren Freund«, sagte Stark und sah Ritter an, »oder?«

»Mhm«, pflichtete der Cowboy nachdenklich bei.

Moggenhauer sah die Kommissare besorgt an. »Glauben Sie, das geht weiter?«

Ritter überlegte einen Moment. »Jedenfalls wäre es gut«, sagte er schließlich, »wenn Ihre Mitarbeiter die Firmenwagen für eine Weile stehen lassen.«

»Das ist ja echt ein Klüngel in der Firma«, regte Ritter sich auf, als sie die Unternehmensberatung wieder verließen. »Verdammt noch mal! Mafiaartige Zustände ...«

»Mit Moggenhauer als ›Der Pate‹«, nickte Stark. Immerhin schienen sie nicht mehr ganz so im Dunkeln zu tappen, und es schälten sich mehrere Verdachtsmomente heraus.

»Einer muss zu ihrem Ex«, stellte Ritter fest.

»Und einer muss in die Spedition«, sagte Stark.

Sie beeilten sich, zu ihrem Auto zu kommen, denn die Sonne vom Vormittag war einer dicken Wolkendecke gewichen, und es hatte zu schneien angefangen. März eben. Noch war der Winter nicht vorbei.

»Und der Weber«, Ritter hob den Zeigefinger wie einen Colt, »soll sich mal diesen Immobilientypen angucken.«

»Wie jetzt?« Stark blieb am Wagen stehen. »Aus Rache, oder was? Weil ihm die Moggenhauerleute die Baufirma insolvenzverwaltet haben?«

»Na ja«, Ritter öffnete die Fahrertür, »vielleicht bringt der jetzt nacheinander die Leute um, die in ›seinen Häusern‹ wohnen.«

Interessante Theorie, dachte Stark, und stieg ebenfalls ein.

ELF

Die Spedition Meierhofer befand sich an der Stralauer Allee auf dem Gelände der Berliner Hafen- und Lagerhausgesellschaft, kurz BEHALA genannt. Hafenbetrieb gab es hier schon seit einigen Jahren nicht mehr. Die alten Lagerhäuser in attraktiver Spree- und Innenstadtlage waren ins Blickfeld von Spekulanten und Maklern geraten. Hohe Mieten lockten und dicke Geschäfte, die vor allem auch das stetig klamme Land Berlin machen wollte, dem mehrheitlich die BEHALA gehörte. Ein Teil des Hafens war bereits verkauft, das Projekt »Mediaspree« machte die Runde: Attraktive Firmen sollten sich hier ansiedeln, innovative *think tanks*, Konzertveranstalter, Intertainment- und Softwarefirmen, Plattenlabels und die Europazentralen von Disney, UNIVERSAL und Paramount Pictures. Alles, was schillerte, was den Glanz der Stadt als Medien- und Kulturmetropole erhöhte, war willkommen. Eine Spedition dagegen war nichts für die Hochglanzprospekte des sogenannten Neuen Berlin. Vermutlich auch deshalb war Meierhofer in die finanzielle Schieflage geraten. Man passte nicht mehr hierher.

Den Zugang zur Spedition hatten Streikposten besetzt. Schriftbänder hingen über den Toren, die einst täglich von großen Lastzügen und Trucks passiert wurden, und protestierten gegen »FIRMENZERSCHLAGUNG UND ARBEITSPLATZVERNICHTUNG!«. Auf einem selbst gemalten, künstlerisch ambitionierten Plakat war Unternehmensberater Moggenhauer als gieriger Krake dargestellt, der mit seinen Polypenarmen das Firmengelände brutal auseinanderriss. Andere verkündeten: »WIR lassen uns nicht für DUMM verkaufen!«, und zum ersten Mal verfluchte Ritter seinen Dienstwagen. Als die Stadt der Mordkommission neue Mercedes' spendierte, hatte er am lautesten gebrüllt, dass diese schwarz sein sollten. Schwarz war cool, war Johnny Cash, damit konnte sich auch ein Cowboy sehen lassen. Aber schwarz war eben auch die Farbe der Geschäftsleute, der Bankiers und Immobilienhaie. Vor allem, wenn es auch noch ein Mercedes war. Und so stürzten sich die Besetzer der Spedition auf Ritter, kaum dass er den Wagen gestoppt hatte. Drahtige Trucker mit Muskeln wie Stahl zerrten ihn aus dem Auto, schubsten ihn herum und grölten.

»Hey, Freunde«, protestierte Ritter vergebens und wehrte sich, so gut es eben ging, »ich habe mit euerm Ding hier nichts zu tun!«

»Lasst diese Geldwichser nicht durch!«, brüllten die Trucker und: »Schmeißt den Immobilienheini in die Spree!« Sie zerrten an ihm herum, bedrängten ihn von allen Seiten, und für einen Moment fürchtete Ritter tatsächlich, dass die aufgebrachten Arbeiter Ernst machten und ihn ins eisige Wasser werfen würden.

»Hört doch mal auf«, brüllte er, so laut er konnte, »ich bin von der Kriminalpolizei!«

»Polizei? Vergiss es«, schrien die Trucker zurück, »wir lassen uns nicht räumen!«

Doch dann schob sich ein stämmiger Vollbart mit Wollmütze heran, der offenbar die nötige Autorität besaß. »Aufhören«, donnerte er, »lasst den Mann durch!«

Augenblicklich ließen die Arbeiter von Ritter ab. Der schüttelte sich, prüfte, ob seine Lederjacke oder das gute Hemd Schaden genommen hatten oder etwa die nagelneuen Schlangenlederstiefel. Aber es schien alles unversehrt.

»Danke«, lächelte er den Vollbart an und zeigte ihm seinen Dienstausweis. »Ritter, Kripo. Sind Sie der Geschäftsführer?«

»Stahlmann«, stellte sich der Vollbart vor und nickte. »Worum geht's denn?«

»Vielleicht können wir das ...« Ritter sah aufs Speditionsgebäude. »... drinnen besprechen?«

»Bitte!« Stahlmann ließ ihn vortreten und folgte ihm in die schon halb ausgeräumten Hallen. Kein einziger Truck war mehr da, die Warenregale leer. Nur ein rostiger Gabelstapler stand noch herum und der Schreibtisch des Chefs mit einigen Aktenordnern drauf.

»Die letzten Aufträge«, schimpfte Stahlmann, »konnten wir alle nicht mehr machen, weil nicht mal mehr Geld für Sprit da war.«

In der Ecke waren Schlafsäcke und Matratzen, auf einem Tapeziertisch lagen leere Pizzakartons herum, ein Bierkasten war noch halb voll. Offenbar biwakierte die Belegschaft hier, um ihren Betrieb zu schützen. Und auch Stahlmann sah in seinem schäbigen Pullover und der Daunenweste darüber aus, als sei er seit Tagen nicht mehr nach Hause gekommen, um die Wäsche zu wechseln.

»Mich kriegt hier keiner raus«, erklärte er grimmig. »Jedenfalls nicht freiwillig.« Er reichte Ritter einen Aktenordner. »Sehen Sie sich um, die Auftragsbücher sind voll!« Er atmete tief durch. »Die Leute von Moggenhauer, die denken doch nur an ihren Vorteil. Je schneller sie das alles hier versteigern, desto eher sehen sie ihren Profit davon. Es gibt sogar schon einen Termin dafür.«

»Daraus wird wohl nichts«, sagte Ritter ruhig.

»Ach.« Stahlmann schien verblüfft. »Da wissen Sie mehr als ich.«

»Vielleicht.« Ritter blieb stehen und sah sein Gegenüber prüfend an. »Herr Francke und Frau Bohrmann, die mit Ihrem Laden beschäftigt sind«, sagte er gedehnt und versuchte irgendeine Regung auszumachen. »Die sind beide tödlich verunglückt.«

»Was?« Keine Regung. Vielleicht Überraschung, aber sonst? »Was für 'n Zufall ...«

»Ja, das«, sagte Ritter, »glauben wir wiederum nicht.«

»Ich müsste lügen, wenn ich behaupte, dass ich jetzt sehr traurig bin.« Stahlmann ging kopfschüttelnd zu seinem Schreibtisch und goss sich dampfenden Tee aus seiner Thermoskanne ein. »Die waren eiskalt. Haben nur auf ihre Zahlen geguckt und nicht auf die Leute.« Er deutete durchs Fenster hinaus auf seine Arbeiter, die sich draußen die klammen Hände an brennenden Fässern wärmten und finstere Entschlossenheit demonstrierten. »Sehen Sie sich die Männer hier an: Die würden alles tun, um diesen Laden zu retten.«

»Eben«, nickte Ritter.

Stahlmann sah auf. »Was soll das heißen?«

»Ich bin von der Mordkommission.«

Stahlmann starrte ihn groß an. »Wir sind keine Mörder«, stellte er klar, »wir sind Arbeiter.« Er gab auch Ritter eine Tasse. »Außerdem sind wir seit einer Woche alle hier. Rund um die Uhr.«

»Und was soll das bringen?« Ritter nippte vorsichtig am heißen Tee.

»Zeit, einen neuen Investor zu suchen«, antwortete Stahlmann. »Es gibt einen Interessenten.« Er trank ebenfalls einen Schluck und setzte die Tasse dann kopfschüttelnd ab. »Es kann doch nicht sein, dass sie den großen Buden, den Holzmanns und wie sie alle heißen, Milliarden in den Arsch schieben! Und uns geht die Luft aus, weil mal zwanzigtausend fehlen. Und dann schlagen die hier alles kurz und klein und verscherbeln die Einzelteile für 'n Appel und 'n Ei.«

Der hat ordentlich Wut im Bauch, überlegte Ritter. Genau wie seine Leute draußen auch. Die stehen alle mit dem Rücken an der Wand, die haben nichts mehr zu verlieren. Aber sind sie deshalb auch fähig zu den Morden an Francke und Bohrmann?

»Wir sind hier vierundzwanzig Leute«, betonte Stahlmann eindringlich, »die arbeiten wollen und können.«

»Wer ist denn der neue Investor?«

Stahlmann holte Luft, wiegelte dann aber ab: »Das darf ich Ihnen nicht sagen. Noch nicht.« Er setzte sich an seinen Schreibtisch und schob die Aktenordner beiseite. »Nachher ist der Termin. Dann wissen wir mehr.«

Und ich hoffentlich auch, dachte Ritter und trank seinen Tee aus.

ZWÖLF

»Jahre war ich nicht mehr in diesem Haus.« Manfred Bohrmann drückte seine Zigarette im Ascher aus. »Jede Steckdose habe ich hier selber angebaut. Alles ist vertraut und trotzdem fremd.« Er sah Stark an und seufzte. »Ich werde hier weggehen, sobald alles geregelt ist.«

Stark sah sich um. Das Haus der Bohrmanns war etwas größer als das der Franckes, aber im gleichen Baustil wie die übrigen Häuser der Siedlung. Hohe, nach Süden ausgerichtete Fensterfronten, die Wände ökologisch korrekt wärmeisoliert und mit schnell nachwachsendem Plantagenholz verkleidet. Es gab Regenwassersammelanlagen und Solarzellen auf dem Dach. Geheizt wurde mit Erdwärme. Die Einrichtung entsprach Starks Erwartungen. Genau so hatte er sich Sybille Bohrmanns Geschmack vorgestellt. Das in schlichten, zurückhaltenden Grüntönen gehaltene Wohnzimmer jedenfalls strahlte eine funktionale Eleganz aus, sehr praktisch und modern und ohne jeden Schnickschnack. Störend war nur der Zigarettenqualm, der den Raum durchzog. Offenbar rauchte Manfred Bohrmann Kette.

»Ich werd's mir wieder abgewöhnen«, entschuldigte er sich, als habe er die Gedanken des Kommissars gelesen. »Ist nicht gut für die Kinder.«

Für Sie auch nicht, dachte Stark und sah zu, wie Bohrmann den Esstisch vor der Durchreiche zur Küche für drei Personen deckte. Zwei Kinderteller und ein großer, dazu Besteck und Gläser.

»Was hatten Sie denn für ein Verhältnis zu Ihrer Frau?«

»Kühl, würde ich sagen.« Bohrmann stellte einen dampfenden Topf mit Tomatensoße auf den Tisch, dazu Parmesankäse und eine Reibe. Offenbar gab es Spaghetti. »Wir hatten nur noch wegen der Kinder miteinander zu tun. Und das war auch nicht gerade angenehm.«

»Was war der Grund für die Trennung?«

»So richtig hab ich das nie begriffen.« Bohrmann schüttelte den Kopf. »Sybille wollte Karriere machen. Ich habe mein Ingenieurbüro dafür auf Sparflamme laufen lassen und mich hauptsächlich um die Kinder und den Haushalt gekümmert.« Er räumte seinen Aschenbecher weg und sah Stark an: »Ich war die Frau meiner Frau, sozusagen. Jedenfalls hatte sie keinen anderen, falls Sie das meinen.«

Stark fiel die lange Reihe von Leitzordnern in einem Regal auf. Sie waren alle nur mit einem Wort beschriftet: »Kinder«. »Was sind das für Akten?«

»Wissen Sie, was eine Scheidung für ein Papierkrieg ist?«, rief Bohrmann aus der Küche.

»Ja. Allerdings«, antwortete Stark, und er hätte einiges dafür gegeben, auf diese Erfahrung verzichten zu können. »Aber auf den Akten hier steht nicht ›Scheidung‹, sondern ›Kinder‹.«

»Ja.« Bohrmann kam wieder ins Wohnzimmer zurück. »Sie hat sie bekommen. Einfach so, weil sie eine Frau ist und die Richter immer noch denken, Kinder gehören zur Mutter.« Man sah ihm an, wie wütend ihn das immer noch machte, wie verletzt er deswegen war. »Am Schluss durfte ich sie gar nicht mehr sehen«, setzte er bitter hinzu, »obwohl das Jugendamt der Meinung ist, dass ich ein guter Vater bin und die Bindung zu meinen Kindern stark ist. Aber meine Frau hat behauptet, dass ich depressiv sei und«, er atmete tief durch, »meine Kinder belästigen würde.«

Ja, dachte Stark, das kenn ich. Louisa behauptete auch so einiges, seit sie wieder in Berlin war. Und nichts davon war annähernd wahr. Dennoch bekam er plötzlich seltsame Briefe vom Jugendamt.

»Ja, 'tschuldigung«, sagte Bohrmann und deutete auf den gedeckten Tisch. »Wollen Sie vielleicht mitessen?«

Stark schüttelte den Kopf. »Haben Sie sie belästigt?«

»Ich hatte nie vor, meine Kinder aufzugeben«, antwortete Bohrmann ruhig. »Ich wollte, dass sie Sport machen, sich gesund ernähren und dass man sich Zeit für sie nimmt. Und habe mir das Recht genommen, das auch für meine Kinder einzufordern.« Er sah Stark herausfordernd an. »Wenn Sie das Belästigung nennen wollen, bitte. – Ich nenne es Vaterpflichten.«

»Sie haben eine ziemliche Wut auf Ihre Frau«, stellte Stark fest.

»Hatte ich, ja.« Bohrmann nickte und senkte das Haupt. »Mittlerweile ist es mehr Resignation, jetzt Trauer. Was immer auch zwischen uns war, sie war die Mutter meiner Kinder. Und die lieben ihre Mutter.« Er schwieg nachdenklich.

Stark trat ein paar Schritte auf ihn zu und stellte die entscheidende Frage: »Wo waren Sie denn heute um fünfzehn Uhr dreißig?«

Bohrmann starrte ihn an. »Nettes Vorgeplänkel«, sagte er dann und erhob sich wieder. »Ich habe meinen neuen Wagen angemeldet. Das hat sich ziemlich hingezogen. Ich war bestimmt zwei Stunden da ...« Irgendwas klingelte in der Küche. »Oh, die Spaghetti«, entschuldigte sich Bohrmann und ging, um sie vom Herd zu nehmen.

»Und gestern«, rief Stark ihm nach, »um neun Uhr dreißig?«

»Gestern?« Bohrmann guckte durch die Durchreiche und verstand nicht. »Wieso gestern? Sybille ist doch heute …«

»Nein, nein«, unterbrach ihn Stark verwirrt, weil er schon wieder an Louisa denken musste, »jetzt geht's um Francke …«

Bohrmann verstand immer noch nicht.

»Francke«, erklärte Stark, »wurde gestern um neun Uhr dreißig auf dieselbe Art und Weise ermordet wie Ihre Frau.«

»Thomas Francke?« Bohrmann goss irritiert das Spaghettiwasser ab und kam mit dem Topf ins Wohnzimmer. »Und was hab ich mit Francke zu tun?«

Woher sollte Stark das wissen? »Wo waren Sie denn?«, fragte er.

»Joggen«, antwortete Bohrmann, »mit meinem Nachbarn. Viertel vor acht haben wir uns getroffen, wie üblich.«

Ein kleiner Gummiball sprang durchs Zimmer. Bohrmanns Sohn Lukas hatte ihn geworfen, um auf sich aufmerksam zu machen. »Ich hab Durst.«

»Im Kühlschrank ist Saft.« Bohrmann hob den Ball auf und warf ihn dem Jungen zurück. Er war ungefähr im gleichen Alter wie Starks Sohn Sebastian.

»Ich will aber Limo«, maulte er.

»Limo ist ungesund.«

»Bei Mama gab's immer Limo.«

»Aber Mama ist jetzt im Himmel.« Ein kleines, etwa sechsjähriges Mädchen hüpfte die Treppe hinunter. »Bald kommt sie wieder und bringt mir einen Engel mit.« Sie rannte zu Bohrmann. »Wann kommt sie denn, Papa?«

»Sie …« Bohrmann seufzte und strich dem Mädchen über den Kopf. »Ich weiß es nicht, Anna.«

»Papa, meine Puppe hat den Kopf ab.« Sie hielt ihm einen Puppenkopf und den entsprechenden Torso dafür hin.

»Ich kümmere mich später darum, okay?«

Das Mädchen verdrehte die Augen und hielt Stark die kopflose Puppe hin. »Kannst du's machen?«

»Na, lass mal sehen.«

Kurz darauf saßen sie im Kinderzimmer der kleinen Anna auf dem Bett, und Stark mühte sich mit der Puppe ab.

»Das geht aber wirklich schwer.«

»Wie heißt du eigentlich?«, wollte Anna wissen.

»Felix.« Ihm fiel die Schlafuhr auf, die Anna in den Händen hielt. »Das ist aber ein schöner Mond. Kann man den auch aufziehen?«

»Ja, damit spiel ich nicht mehr«, erklärte die kleine Anna würdevoll. »Den hatte ich als Baby.« Sie warf Stark den Mond auf den Schoß. »Mama hat gesagt, wir schenken die ganzen alten Sachen den armen Kindern, die keine Eltern mehr haben.«

Endlich. Der Kopf war wieder dran. Stark gab Anna die Puppe zurück.

»Danke, Felix«, strahlte Anna vor Glück, dass es Stark fast die Tränen in die Augen trieb. Um sich abzulenken, zog er die Schlafuhr auf. Der Mond spielte »La-Le-Lu«. Das machte es auch nicht besser, denn eine ähnliche Spieluhr hatte Sebastian früher auch besessen.

Ich muss ihn vor Louisa schützen, dachte Stark. Aber war das möglich? Konnte man Kinder vor ihren Müttern schützen? Und war es gerecht? Hatten die Mütter nicht genau das gleiche Recht auf ihre Kinder wie die Väter? Das Problem war, dass sie mehr Recht darauf hatten, so schienen es zumindest die Jugendämter zu sehen. Denn wie anders war es zu erklären, dass er jetzt mahnende Post von ihnen bekam. Weil Louise angeblich Defizite an Sebastian bemerkt hatte. Defizite, für die plötzlich der Vater verantwortlich sein sollte, obwohl sich die ach so besorgte Mutter jahrelang nicht um das Kind gekümmert hatte!

»Guck mal, Papa«, rief Anna, als Bohrmann ins Zimmer kam, um die Kinder zu Tisch zu rufen. »Felix hat meine Puppe repariert.«

Bohrmann lächelte. »Und Sie wollen wirklich nichts mitessen?«, fragte er den Kommissar. »Es ist genug da.«

Stark schüttelte den Kopf und erhob sich. Ich sollte mich jetzt um mein eigenes Kind kümmern, dachte er, anstatt dauernd im Elend anderer Leute herumzuwühlen.

Zuvor aber musste Stark noch mal in die Dienststelle, den Bericht schreiben, den Erkenntnis- oder Ermittlungsabgleich, wie es so schön im Amtsdeutsch hieß. Und die Einkäufe fürs Wochenende waren auch noch zu erledigen. Obgleich er wegen dieses bescheuerten Falls kein Wochenende haben würde. Abteilungsleiter Wiegand hatte so etwas durchblicken lassen. Angeblich sei man in der Stadt in höchster Sorge wegen der

Autobahnattentate. Politik und Präsidium forderten schnelle Fahndungserfolge. Stark würde sich also etwas einfallen lassen müssen, um irgendeine Betreuung für Sebastian zu organisieren. Obgleich sich ja Louisa schon wieder angeboten hatte. Aber das konnte die nach ihrem Brief ans Jugendamt vergessen. Wie kam sie überhaupt darauf, so etwas zu tun? Ob sie ihn wirklich abservieren wollte? Es darauf anlegte, ihm den Sohn wegzunehmen? Nach all den Jahren? Das konnte sie doch nicht machen.

Stark spürte, wie es ihm den Brustkorb zusammenzog. Hatte er Angst? Vermutlich. Es war auch alles zusammengekommen: Kaum war Mutter in Urlaub, tauchte – Überraschung! – Exfrau Louisa auf, und dann passierte auch noch dieser dämliche Fall. Nichts deutete darauf hin, dass sich da irgendwas schnell lösen würde. Erst in vier Wochen, das wenigstens schien sicher, war seine Mutter wieder da, und dann konnte die ihn wieder bei Sebastians Betreuung unterstützen, obwohl es genau das war, was Louisa ihm vorwarf: *Der Junge braucht eine Mutter, keine Oma.* Ja, das fiel ihr verdammt früh ein.

Stopp! War da nicht ein Aldi? Dann konnte er die Einkäufe auch gleich erledigen. Stark bremste, wendete und bog dann in die Einfahrt zum Supermarkt ein.

***

Eine knappe Stunde später erreichte er schließlich die Dienststelle und stellte seine Aldi-Tüten auf dem Schreibtisch ab. Obgleich er vergessen hatte, Toilettenpapier zu besorgen – egal, übers Wochenende würde es schon noch reichen.

Der Cowboy war offenbar auch erst gerade eingetroffen. Er trug noch seine Lederjacke und stand am Espressoautomaten, den Wiegand der Mordkommission anlässlich seines fünfundzwanzigsten Dienstjubiläums spendiert hatte, um sich einen Kaffee zu ziehen.

»Und?«, fragte er. »Wie war's beim Ex?«

»Ja«, antwortete Stark. »Netter Kerl. Ein bisschen angespannt vielleicht, wegen seiner Situation ...«

»Mhm«, machte Ritter, mit der Espressomaschine beschäftigt.

»Er hat sich mit der Bohrmann um die Kinder gestritten.« Stark setzte sich auf eine der Bänke im Gang. »Also hätte er ein Motiv, sie umzubringen. Aber er hat kein Motiv für Francke. Außerdem hat er für beide Tatzeiten ein Alibi.«

»Hier!« Ritter reichte ihm eine Tasse Kaffee.

»Und bei dir in der Spedition?«, fragte Stark und hielt ihm die Tasse hin. »'n Stück Zucker, bitte.«

»Na ja.« Ritter gab ihm Würfelzucker. »Die haben Wut auf Francke und Bohrmann. Was sie brauchen, ist Geld.« Er winkte ab. »So 'n Mord hilft dem Laden auch nicht weiter.«

Ein Polizeibeamter kam den Gang herunter. »Einer der Jungs ist noch da«, rief er. »Wir konnten seine Mutter nicht erreichen. Seid ihr jetzt hier?«

»Ja.« Ritter hob fassungslos die Arme. »Siehste«, sagte er, »so kümmern sich Mütter und Väter um ihre Kinder!«

Und ich bin keinen Deut besser, dachte Stark und erhob sich, um Ritter ins Büro zu folgen, wo der kleine blonde Robert interessiert den Inhalt der Schreibtische untersuchte.

»Hey, Freundchen, weg da«, verscheuchte Ritter den

Jungen und hängte seine Lederjacke über die Lehne. »Das ist der Chefsessel, da darf nur ich sitzen, okay?«

»Hast wohl Spaß hier«, sagte Stark, »häh?«

»Na ja, geht so«, erwiderte der Junge. »Die lassen mich ja nicht weg.«

Das ist die Gelegenheit, hier abzuhauen, dachte Stark.

»Pack deine Sachen«, sagte er zu dem Jungen, »ich muss meinen Sebastian nach Hause bringen. Ich nehme dich mit und bring dich auch nach Hause.«

Ritter sah verblüfft auf. »Wir wollten doch 'nen Bericht schreiben!«

»Den kann ich auch zu Hause schreiben«, erwiderte Stark und gab dem Jungen eine von seinen Aldi-Tüten. »Hier, nimm das mal!«

Aber wie das so ist – wenn alles schiefläuft, läuft alles schief. Murphys Gesetz galt, denn jetzt stolzierte auch noch Wiegand ins Büro und mimte den vorwurfsvollen Chef.

»Wo wollen Sie denn hin?«, schnauzte er Stark an. »Wir haben eine Mordserie, und Sie kutschieren hier Ihre Einkäufe durch die Gegend?«

»Gehst du schon mal raus?« Stark schob den Jungen aus dem Büro und sah dann den Chef müde an: »Ich möchte jetzt meinen Sohn abholen, den ich seit vierzehn Stunden nicht gesehen habe. Und mich um ihn kümmern«, setzte er lauter hinzu, »damit er nicht irgendwann auf einer Brücke steht und Unfug macht.«

Wiegand schnappte nach Luft.

»Und sollten Sie was dagegen haben«, fuhr Stark tief durchatmend fort, aber es fiel ihm keine geeignete Drohung ein. »Dann sagen Sie es ruhig«, fügte er etwas kraftlos hinzu, »ändern wird's nichts.« Er deutete auf eine prall gefüllte Reisetasche neben Starks Schreibtisch. »Muss das hier gewaschen werden?«

»Ja«, nickte Ritter, »ich wollte nachher noch zum Waschsalon.«

»Ist morgen fertig«, sagte Stark, nahm die Reisetasche mit und verließ das Büro.

Starker Abgang! Wiegand sah ihm verdutzt nach. »Was ist denn mit Ihrem Kollegen los?«

Ritter schwieg nachdenklich. »Ich fahr noch mal in diese Siedlung«, sagte er nach einer Weile statt einer Antwort und zog sich die Lederjacke wieder an.

DREIZEHN

Wenn Stahlmann und seine Leute als Täter ausfielen, musste man davon ausgehen, dass der Täter hier in der Siedlung zu finden war. Das passte einfach, fand Ritter, denn war es nicht so, dass schon häufiger in der Vergangenheit die dunkelsten Kapitel der Mordgeschichte ihren Beginn hinter den bieder adretten Fassaden netter Reihenhäuser ihren Anfang genommen hatten? Hier wohnten vor allem Moggenhauer-Leute, knallharte Insolvenzverwalter und mithin Typen, die schon karrierebedingt über Leichen gehen mussten. Die Frage war nur: Wer stand hier wem im Wege und weshalb?

Ritter zog einen Bogen Papier hervor und begann, sich eine Skizze zu machen: Da war, im Doppelhaus rechts, zunächst dieser Querkopf Harald Reling. Ein selbst ernannter Prozesshansel, der mit allen und jedem Streit anfing. Der jetzt ohne Arbeit war, weil ihm die Bohrmann den Posten bei Moggenhauer streitig gemacht hatte. Und der sich auch mit Francke permanent vor Gericht gefetzt hatte. Francke war der direkte Nachbar, der wohnte mit Reling im selben Doppelhaus. Die Bohrmann lebte gegenüber in einem Einzelhaus. Und ihr Gatte, dem seit der Scheidung das Sorgerecht entzogen worden war, durfte sich jetzt wieder um die Kinder kümmern. Insofern hatte Bohrmann zwar ein Motiv, seine Exfrau umzubringen, aber was war mit Francke? Ritter legte nachdenklich die Hand ans Kinn. Also doch Reling? Der mochte weder die Bohrmann noch den Francke. Aber brachte er sie deshalb um? Was für einen Vorteil zog er daraus? Das ergab doch keinen Sinn …

Er unterbrach seine Überlegungen, als er Franckes Witwe bemerkte, die eben mit einem Kleinwagen vor ihrer Doppelhaushälfte stoppte und sich anschickte, die Wochenendeinkäufe ins Haus zu tragen.

»Warten Sie«, rief Ritter, »ich helfe Ihnen!«

»Danke!« Eva Francke lächelte unmerklich. »Das ist nett!« Sie gab ihm zwei große Einkaufstüten in die Hand und stutzte. Denn neben der Eingangstür zu ihrem Haus standen zwei volle Mineralwasserkästen.

»Was ist?«, fragte Ritter.

»Sind die Kästen von Ihnen?«

»Was? Das Mineralwasser?« Ritter schüttelte den Kopf. »Nö, wieso?«

»Weil die da vorhin noch nicht standen«, antwortete Eva und besah sich nachdenklich eine der Flaschen aus den Kästen. »Das ist genau unsere Marke.«

»Aber Sie haben sie nicht gekauft?« Ritter setzte eine seiner Tüten ab. »Oder bestellt?«

»Nein!« Eva sagte es etwas zu heftig und nestelte nervös ihren Hausschlüssel hervor. »Die muss mir da jemand hingestellt haben.«

»Seien Sie froh.« Ritter folgte ihr mit den Einkaufstüten ins Haus. »Da sorgt sich jemand um Sie. Will Ihnen helfen.« Er begann, die Tüten auszupacken, und sah sich suchend um. Wohin mit Backpapier und Frischhaltefolie?

Eva deutete auf die Hängeschränke über der Küchenspüle. »Irgendwo da oben hin.«

»Hier?« Ritter öffnete eine der Türen.

Eva nickte und sah Ritter unsicher an. »Wollten Sie eigentlich zu mir?«

»Na, nicht direkt«, antwortete Ritter und überlegte, ob er ihr die Wahrheit sagen sollte. Aber vermutlich würde sich das ohnehin bald hier in der Siedlung herumsprechen.

»Es gibt ein weiteres Opfer«, sagte er schließlich. »Sybille Bohrmann. Sie starb genauso wie Ihr Mann.«

Natürlich war das ein Schock für Eva Francke. Sie erstarrte regelrecht. »In was war mein Mann verwickelt?«, fragte sie. »Irgendwas mit seiner Arbeit? Sagen Sie mir bitte die Wahrheit!«

»W-wir kennen die Wahrheit selber noch nicht«, erwiderte Ritter hilflos. »Warum hat Ihr Mann eigentlich nie mit Ihnen über seinen Job geredet?«

Eva wusste es nicht. »Er wollte mich nicht belasten«, vermutete sie. »Er wusste, dass ich mir diese Geschichten zu Herzen nehme.« Sie verzog schmerzlich das Gesicht. »Vielleicht war das ein Fehler.«

»War er in der letzten Zeit anders als sonst?«

»Ja«, nickte Eva Francke und fing an zu weinen. »Er war glücklich. Wir haben uns die Babys so sehr gewünscht.«

Die Ärmste. Sie tat Ritter so leid. So ein hübsches, junges Ding und dann so was. Er wusste nicht, wie er sich verhalten sollte, aber dann entschied er sich nach seinem Gefühl und nahm sie tröstend in den Arm. Vielleicht war es einfach das. Dass sie sich mal ausheulen konnte. Er strich ihr behutsam über den zuckenden Rücken, und nach einer Weile sah sie ihn dankbar aus tränenverschleierten Augen an.

Ritter lächelte ihr beruhigend zu. »Ich hol dann mal die Kästen rein, ja?« Er ging in den Flur, wollte gerade vors Haus treten, da fragte sie:

»Was wird denn aus den Bohrmann-Kindern?«

Ritter drehte sich zu ihr um. »Ihr Vater ist bei ihnen.«

Eva nickte langsam.

Ritter ging vor die Tür, holte die Mineralwasserkisten herein und stapelte sie an der Wand neben der Küchentür. »Kennen Sie den Herrn Bohrmann?«

»Manfred Bohrmann«, sagte Eva. »Er hat sich immer rührend um die Kinder gekümmert.« Sie setzte sich auf die Couch im Wohnzimmer und fügte einschränkend hinzu: »Bis zur Scheidung.«

»Hatte Bohrmann mal Streit mit Ihrem Mann?«

»Wie kommen Sie denn darauf?«

Ritter zuckte mit den Schultern, winkte ab. »Nur so ein Gedanke ...« Er sah sich um, aber es gab nichts mehr zu tun.

»Ich gehe dann mal.« Er nickte der Witwe zu und schickte sich an, das Haus zu verlassen.

»Sie sind sehr nett«, rief Eva ihm nach. »Danke für Ihre Hilfe.«

Er machte eine Geste, die so etwas wie »Gern geschehen« oder »Keine Ursache« bedeuten sollte, und wollte gehen, doch Eva Francke erhob sich zögernd.

»Darf ich Ihnen noch ein Bier anbieten?«

Ritter lächelte. »Warum eigentlich nicht«, sagte er dann und schloss die Haustür wieder. »Ich hab ja jetzt Feierabend.«

Er folgte Eva in die Küche und setzte sich an den Tisch am Fenster.

Sie holte eine Flasche aus dem Kühlschrank und stellte ihm ein Glas dazu hin. »Es ist das letzte von Thomas. Ich trinke gar kein Bier.« Sie setzte sich und begann, Brote zu schmieren.

»Es ist gar nicht so einfach für Sie, was?« Ritter sah ihr versonnen zu. »So ganz allein, ohne Ihren Mann?«

»Ich stelle mir vor, er ist arbeiten«, antwortete sie. »Er war oft unterwegs.«

»Mhm«, machte Ritter. Komisch, irgendwie weckte sie seinen Beschützerinstinkt. Aber vielleicht war es auch normal bei so einer jungen Witwe mit Zwillingen im Bauch. Welcher Mann wollte so was nicht beschützen? Dazu sind wir schließlich da, dachte er, ließ die Bierflasche aufploppen und trank einen großen Schluck.

»Wenn die Babys da sind, werde ich versuchen, das Haus zu verkaufen.« Eva Francke schob ihm einen Teller mit geschmierten und belegten Broten hin, so wie sie es vermutlich auch bei ihrem Mann immer gemacht hatte. »Ich kann hier nicht bleiben.«

Ritter griff dankend zu, denn er hatte Hunger. »Haben Sie eigentlich keinen«, fragte er kauend, »der Ihnen hilft?«

Eva hob die Schultern.

»Jemand stellt mir Mineralwasserkisten vor die Tür, zieht die Mülltonne auf die Straße. Es ist bestimmt nett gemeint, aber«, sie schüttelte den Kopf, »mir ist das unheimlich.«

»Die Leute wissen nicht, wie sie damit umgehen sollen«, vermutete Ritter und nahm noch eines von den Schinkenbroten, denn die waren unheimlich lecker. »Die wollen nicht zu nah ran an das Leid.«

»Da sind Sie anders.« Eva blickte nachdenklich aus dem Fenster in den winterkahlen Garten. Draußen war die Dämmerung fast vorbei, es wurde rasch dunkler, die Straßenlaternen gingen an. »Ich bin Ihnen dankbar, dass Sie sich die Zeit nehmen.«

»Sie müssen mir nicht dankbar sein«, versicherte Ritter abwinkend, »das ist …«

»… ihr Job?«

»Ja.« Ritter lachte. »Ja, auch.«

***

Auch Felix Stark hatte die Einkäufe ausgepackt und Brote geschmiert. Sohn Sebastian war sauer, weil er noch Schulaufgaben machen musste, doch als Stark ihm noch eine Partie Memory versprach, nach dem Abendbrot, war alles wieder gut. Und so saßen sie jetzt im Wohnzimmer des kleinen Mehrfamilienhauses Am Schülerheim, Ecke Gelfertstraße, in Berlin-Dahlem und deckten Karten auf. Und natürlich war Sebastian viel besser als sein Vater. Entweder es lag daran, dass Kinder ein besseres Gedächtnis haben, oder aber Stark verfiel allmählich in Demenz. Er konnte sich kaum eine Karte merken. Zudem war er hundemüde und hatte Mühe, die Augen offen zu halten. Wieder klappte er eine der verdeckten Karten auf, und wieder lag er völlig falsch.

»Mensch, Papa!« Der Junge konnte es kaum fassen. »Willst du eine Revanche?«

»Nee«, Stark gähnte herzhaft, »ich will, dass du ins Bett gehst.«

Sebastian deckte die letzten beiden Kartenpaare auf. »Gewonnen.«

»Na klar«, nickte Stark. Das war abzusehen. Er packte die Karten zusammen und legte sie in die Kiste zurück.

»Papa?«

»Mhm …«

»Sechs Wochen sind 'ne lange Zeit, oder?«

Oh ja, dachte Stark, verdammt lange. Aber es ist auch noch ein bisschen hin bis zu den Sommerferien.

»Ist Australien weit?«

Am anderen Ende der Welt. Ob sich der Junge vor der langen Reise fürchtete? Allein? Nur mit seiner ihm so gut wie unbekannten Mutter und deren neuem Freund?

»Wir werden bestimmt viele Kängurus sehen.« Sebastian lächelte ein wenig. »Und wir wollen mit 'nem Kanu fahren und ein Wohnmobil mieten.«

Stark nickte. »Das wird bestimmt ganz toll«, sagte er bemüht zuversichtlich und strich dem Jungen liebevoll über den Kopf. »Komm, geh jetzt ins Bett, ja?«

Sebastian erhob sich und ging langsam aus dem Zimmer.

Er hat Angst, dachte Stark und blieb wie betäubt sitzen. Er will da gar nicht hin. Aber Louisa wird uns alle zwingen. Sie wird so lange nerven, bis sie ihren Willen bekommt und der Junge mit ihr fliegt. Und wenn sie mir das Kind nicht wieder heil und unversehrt zurückbringt, dachte Stark, dann töte ich sie. Und heute war schon wieder ein Brief vom Jugendamt da. Wegen eines amtlichen Hausbesuchs. Die wollten prüfen, ob die Wohnung kindgerecht sei. Das hatte acht Jahre lang nie jemanden interessiert. Am wenigsten Louisa.

Die sollen nur kommen, dachte Stark grimmig. Die werden sich alle noch wundern ...

Er erhob sich, packte die Schulsachen für Sebastian zusammen, legte das Sportzeug zurecht. Das könnte der Junge inzwischen auch allein erledigen, überlegte er. Ich sollte diese Krise nutzen, um ihn zu mehr Selbstständigkeit zu erziehen. Dann hätten wir beide mehr Zeit füreinander.

Und dann war da auch noch dieses Schulfest am morgigen Samstag. Die Kinder führten irgendetwas auf, ein Theaterstück oder so was, in der Aula. Sebastian hatte gebettelt und gebarmt. Er wollte unbedingt, dass sich sein Vater das anschaute. Dass er ihn auf der Bühne sozusagen bewunderte. Das schien ihm wirklich sehr wichtig zu sein, zumal vermutlich auch die Eltern aller anderen Kinder kamen. Und deshalb hatte Felix Stark versprochen zu kommen. Hoch und heilig. Mit Indianerehrenwort.

Vorsichtig ging er an die Kinderzimmertür und lauschte. Alles ruhig. Stark öffnete leise die Tür. Das Licht brannte noch, aber der Junge schlief bereits. Natürlich war auch er müde nach so einem langen Tag. Stark tappte lautlos ans Bett und gab dem Jungen einen Kuss.

Dann fiel ihm ein Foto auf. Es lag zwischen Playmobilindianern und Plastikdinosauriern auf dem Nachttisch. Auf die Rückseite des Bildes hatte Sebastian ein rotes Herzchen gemalt und »Mama« dazugeschrieben. Die Vorderseite zeigte Louisa. Warum hatte die eigentlich noch kein Saurier gefressen?

Schon hatte Stark eines der Plastikviecher in der Hand. Ein Tyrannosaurus diabolicus, sehr blutrünstig und ganz scharf auf nervende, plötzlich aus dem Nichts wiederaufgetauchte Exfrauen. Seht nur, wie er sich auf das Foto stürzt. Er wird dich fressen, Louisa. Er wird dich bis auf den Ayers Rock verfolgen. Und weder dein taffer Galerist noch ein Crocodile Dundee kann dich retten!

VIERZEHN

»Also!« Weber hatte sich im Büro der Kommissare gewichtig vor einer Straßenkarte aufgebaut. Sie zeigte deutlich das Schöneberger Autobahndreieck, den östlich davon gelegenen Südbahnhof mit dem Südgelände sowie den Insulaner. »Hier ist die Siedlung, hier die Schule. Die Leute von Moggenhauer nehmen immer diesen Weg zur Arbeit, Grazer Damm, Autobahn – Brücke. So, und die kannste och bequem zu Fuß oder mit 'm Rad über die Skaterstrecke erreichen. – Allet klar?«

»Die Kids fallen aus«, sagte Ritter. »Die waren hier, als die Bohrmann zu Tode kam. Ein besseres Alibi kannste gar nicht haben.«

»Es gibt erste Spekulationen in der Öffentlichkeit«, regte sich Wiegand auf, der diesen Samstag zu einem Dienst-Tag erklärt hatte. »Man spricht von einem Verrückten, natürlich von Terror, einer Mordserie ...«

»Ja, aber dass es unabhängig voneinander zwei Leute von derselben Firma trifft«, entgegnete Stark und sah unruhig auf die Uhr, »wäre bei reinem Terror ein ziemlicher Zufall.«

»Das mag sein.« Wiegand sah ernst in die Runde. »Die Leute haben trotzdem Angst. Jeder ist ein Autofahrer.«

Ja, dachte Stark. Wir brauchen Ergebnisse, schon klar. Aber ich muss gleich los. Mein Sohn hat gleich 'ne Aufführung beim Schulfest, also kommt mal ein bisschen zu Potte.

»Was ist mit diesem ...«, Wiegand überlegte, »... diesem durchgeknallten Anwalt?«

»Reling?« Ritter erhob sich. »Die Bohrmann war seine Nachfolgerin. Die hat es gut gemacht, möglicherweise besser als er ...«

Neugierig sah Wiegand über Starks Schulter, der an seinem Schreibtisch saß und scheinbar rasch und zügig mitschrieb. Tatsächlich aber malte er auf das Blatt nur mit schnellen Strichen alberne Dinosaurier, die sich über kreischende Pin-up-Girls hermachten.

So ein Quatsch, dachte Wiegand irritiert, Dinos sind Pflanzenfresser, das weiß doch jedes Kind.

»... aber ob das ein Motiv ist«, so Ritter weiter. »Ich weiß nicht. Ansonsten hatte er seine Nachbarschaftsstreitigkeiten mit Francke. Ich meine, die beiden waren aneinandergekettet mit ihren doofen Reihenhäuschen.«

»Habt ihr sein Alibi überprüft?«, fragte Wiegand.

»Ja, klar«, antwortete Ritter.

»Ja«, sekundierte auch Weber, »ham wa.«

»Ah ja, dann gibt's noch den Exmann von Sybille Bohrmann«, gab Stark seine Erkenntnisse zum Besten, damit die Veranstaltung hier endlich beendet werden konnte. »Der hatte ziemlichen Streit mit seiner Frau.«

»Aber nicht mit Francke«, wandte Ritter ein, »unserem ersten Opfer. Außerdem hat er ein Alibi.« Er verließ das Büro, um sich am Espressoautomaten zu bedienen.

Wiegand folgte ihm. »Was ist denn mit dieser Speditionsfirma?«

»Die haben richtig Wut, aber nichts von den zwei Toten, und das wissen sie auch selber.« Er hielt Wiegand eine Tasse hin. »Kaffee?«

»Danke«, winkte Wiegand ab.

»Und für eine Affekttat, ich weiß nicht, ist diese Sache doch ein bisschen zu gut geplant.« Ritter nippte am Kaffee und verbrannte sich die Zunge. »Trotzdem werde ich mich da noch einmal umschauen. Die haben nämlich jetzt angeblich einen neuen Investor.«

Weber kam heran. »Der Pflasterstein von der Baustelle stammt aus derselben Charge wie der Tatstein. Und der vom Anwalt och. Also sind alle noch im Spiel.«

»Aber an der Baustelle«, sagte Wiegand, »kann sich doch jeder bedienen.«

»Na logo!« Weber nickte.

»Ich frag mich nur ...«, Ritter hatte ein Zuckerstückchen in der rechten Hand und ließ es aus großer Höhe in seine Kaffeetasse fallen, »... ob man von der Brücke auch treffen kann.«

»Wieso denn nicht?« Stark zog sich seine Barbourjacke über und verstand Ritters Problemstellung nicht. Denn dass man von der Brücke Autos treffen konnte, war ja wohl unzweifelhaft. Da gab's immerhin zwei Tote.

»Na, überleg doch mal, die Autos fahren da im Schnitt achtzig, neunzig, hundert.« Ritter nahm ein neues Stück Zucker und ließ es ebenfalls in seine Tasse fallen. »Irgendeinen triffst du immer. Aber ist es auch genau der«, er hob den Zeigefinger, »den du treffen willst?«

»Na hoffentlich«, sagte Wiegand, »besser wär's.«

»Wieso hoffentlich?«, fragte Weber.

»Wenn nicht, dann gibt's eine Massenpanik!«

»Wir sollten das mal testen«, schlug Ritter vor.

»Aber heute nicht mehr.« Stark verabschiedete sich und deutete auf seine Armbanduhr. »Ich muss los.«

Die Übrigen starrten ihm verständnislos nach. Es war noch nicht mal elf, und der Kollege machte schon Feierabend?

»Hoffentlich«, knurrte Wiegand, »ist dem seine Mutter bald wieder zurück.«

***

Stark gab Gas. Die Vorstellung begann in einer halben Stunde, und er wollte unbedingt pünktlich sein, damit er einen guten Platz in den vorderen Reihen bekam. Einen, von dem aus er seinen Sohn gut beobachten konnte und wo er auch für Sebastian gut zu sehen war, wenn der auf der Bühne stand.

Die Stadt war irre voll, wie immer an einem Samstag, wenn die ganzen Leute aus dem Umland zum Einkaufen kamen. Dann irrten sie orientierungslos durch die Straßen und kamen nicht voran. Entweder weil sie ihre Navisysteme und Fahrzeuge nicht beherrschten oder weil sie ganz einfach Technikmuffel waren. Es war zum Wahnsinnigwerden. Überall nur Potsdamer, Oberhavel-, Dahme-Spree- und Teltow-Fläming-Kennzeichen, ganz Brandenburg schien heute in Berlin Autofahren zu üben! Himmelherrgott noch mal! Stark fuhr dicht auf, drückte unablässig die Hupe wie ein Istanbuler Taxifahrer, gestikulierte und schimpfte – und kam trotzdem zu spät!

Zwar hatte die Vorstellung noch nicht begonnen, als er seinen Wagen parkte, doch er war gerade ausgestiegen und ging die ersten Schritte auf das Schulportal zu – da sah er sie: Louisa und ihren neuen Typen. Sie waren mit einem Taxi gekommen, hatten sich fein gemacht und sogar Luftballons und einen Blumenstrauß dabei, mit dem sie Sebastian nach der Vorstellung beglückwünschen wollten.

Und was hatte er, Stark? – Nichts.

Rasch duckte er sich hinter seinen Wagen, wollte nicht gesehen werden.

Aus dem Schulportal kam glücklich Sebastian gelaufen. Schon fertig kostümiert als wilder Räuber. Offenbar hatte er auf Louisa und diesen ... diesen Typen gewartet. Beide wirbelten den Jungen herum, und alle sahen so glücklich aus.

Sollte Stark dazwischengehen? Seinen Sohn aus den Armen von Louisa reißen oder, schlimmer noch, aus den Armes ihres neuen Freundes?

Nee! Das ging nicht. Sebastian hatte sich so auf diesen Tag gefreut. Er war glücklich, und das wollte und konnte Stark nicht zerstören. Er hätte dem Jungen zwar gern zugeschaut, aber nun war die Mama da. Und Louisa würde dem Jungen applaudieren und zujubeln und in wahre Begeisterungsstürme ausbrechen, wenn er auf der Bühne stand.

Da konnte Stark nicht mithalten. Niemals.

Der Junge hatte sein Publikum, was wollte er also noch? Als Vater war er hier überflüssig. Seine Exfrau war wieder einmal schneller gewesen.

Wütend setzte sich Stark wieder in seinen Wagen, knallte die Autotür zu, dass es in der ganzen Straße widerhallte, und fuhr mit durchdrehenden Reifen davon.

Dann erst spürte er die Tränen, die ihm über die Wangen liefen.

***

Auf dem Gelände der McNair Barracks, der ehemaligen Kaserne der US-Army an der Goerzallee, hatten Weber, Ritter und Wiegand ihre Teststrecke aufgebaut. Eine Hebebühne diente als Brücke, ein älterer Streifenwagen der Polizei als Versuchsfahrzeug, weil niemand die neuen Mercedes der Mordkommission leichtfertig demolieren wollte. Nun kam es nur noch darauf an, wer den Attentäter spielte und wer beworfen werden sollte.

Letzteres wollte eigentlich niemand, weshalb der Fahrer mit dem guten alten Streichholztrick ausgeknobelt werden sollte.

»Bitte schön!« Wiegand hielt drei Zündhölzer hoch, und Ritter wollte dem Chef ergeben den Vortritt lassen, doch der winkte nur lässig ab.

»Nach Ihnen!«

Also zog Ritter nach kurzem Zögern das erste Hölzchen. Und es war unbeschädigt, also ein langes.

»Na bitte, Ritter, Sie fahren«, blaffte Wiegand, denn ihm war kalt. »Hab ich doch gleich gesagt.«

Aber noch war nichts entschieden, denn Weber hatte nicht verraten, was die Niete war. Ein langes oder ein kurzes Hölzchen?

»Sie sind dran.« Ritter lächelte seinen Chef an.

Wiegand zog lässig ein Streichhölzchen, und dieses war kurz. Weber griente breit, öffnete seine kleine, knubbelige Hand, in der noch ein langes Streichholz lag.

»Tja«, machte Ritter. »Dann geh ich mal.« Und es würde ihm eine besondere Freude sein, seinen Chef in reiner Dienstausübung mal mit fetten Wasserbomben bewerfen zu dürfen.

Wiegand ahnte, was auf ihn zukam, und er sah Weber bleich an. Der guckte mit ernster Unschuldsmiene zurück.

Ritter wartete, bis ihn die Hebebühne auf die vorher festgelegte Höhe gebracht hatte, Fallhöhe mal Geschwindigkeit – es musste also alles genauso sein wie am Tatort Skaterbrücke. Dann griff er nach seinem Funksprechgerät.

»Ich bin bereit.«

»Okay«, sprach Weber in sein Headset, »wir sind och gleich soweit. Na jut!« Er ging zum Streifenwagen und öffnete fahrerseitig die Tür, damit Wiegand einsteigen konnte. »Bitte schön, Chef!«

Doch der weigerte sich. »Ich mach mich doch nicht zum Idioten!«

»Chef, Sie haben verloren.«

»Machen Sie das«, widersprach Wiegand, »ich krieg ‘nen Herzinfarkt!«

»Na, meene Pumpe ist och nich mehr wartungsfähig …«

»Herr Weber, Sie machen das!« Wiegand packte ihn und schob ihn auf den Fahrersitz. »Das ist eine Dienstanweisung!«

»Mann, Mann, Mann«, machte Weber und schnallte sich gründlich an.

Wiegand setzte sich auf die Rückbank und sorgte ebenfalls dafür, dass seine Sicherheitsgurte fest und richtig saßen. »Los!«

Weber startete den Wagen und fuhr in Startposition, etwa fünfhundert Meter von der Hebebühne entfernt, damit das Auto rechtzeitig auf Geschwindigkeit kommen und diese bei der Anfahrt konstant halten konnte. Dann gab er Gas. Wiegand krallte sich hinten in seinem Sitz fest und schloss ergeben die Augen.

Das hätte Weber auch gern getan, aber er musste ja jetzt fahren. Direkt unter dem Kran der Hebebühne durch.

Oben stand Ritter, eine fette blaue Wasserbombe in der Hand, und zählte die Sekunden: »Einundzwanzig, zweiundzwanzig, dreiundzwanzig …« Dann ließ er die Bombe fallen.

Klatsch! Sie landete kurz vor dem heranrasenden Wagen auf dem Boden und zerplatzte. – Mist!

»Das war nichts«, meldete er durchs Funkgerät, »noch mal!«

Weber fuhr einen kreischenden Return und raste ein zweites Mal heran. Allmählich machte ihm die Sache Spaß.

»Okay«, Ritter zählte konzentriert, »einundzwanzig, zweiundzwanzig, dreiundzwanzig«, und ließ die Wasserbombe fallen.

Diesmal knallte sie mit einem ohrenbetäubenden Klatscher auf die Windschutzscheibe, und Weber ging in die Eisen, dass es kreischte.

»Ja!«, freute sich Ritter wie ein Kind und kletterte von seiner Hebebühne. »Ganz schön mutig, Chef!« Er kam heran. »Also mit 'nem bisschen Übung kann man treffen.« Er gab Weber das Funkgerät zurück. »Hat ordentlich geplatscht, was?«

Weber und Weigand sahen ihn nur stumm an. Ihre Nasen waren ziemlich blass.

»Was ist?«, fragte Ritter.

Wiegand sah Weber an. »Sagen Sie's ihm schon!«

»Na ja, ick bin jefahren«, gab Weber betreten zu.

Ritter schüttelte fassungslos den Kopf.

»Na, ick hab det bessre Herz«, erklärte Weber, »und

wer will schon, dass einem der Chef vor Aufregung aus den Latschen kippt, wa?«

»Das war nicht zu sehen«, sagte Ritter nachdenklich.

***

Kurz darauf klingelte bei Stark das Telefon. Der hatte gerade Küche und Klo geputzt und war eben mit seiner Wäsche beschäftigt, nur um sich abzulenken. Und auf keinen Fall wollte er ans Telefon gehen. Nachher war noch Louisa dran oder Sebastian, der ihn anbettelte, das Wochenende bei ihr verbringen zu dürfen. Irgend so eine Scheiße eben, und davon hatte er für heute genug. Dann verstummte das Telefon, doch dafür ging das Handy los. Genervt schmiss Stark die Wäsche zurück in den Korb und sah aufs Display. Es war Ritter.

»Ja?« Stark hielt sich das Handy ans Ohr.

»Was ist denn los?« Ritter klang bestens gelaunt. »Du hörst dich ja fürchterlich an.«

»Ich dreh hier gleich durch, das ist mein Problem.«

»Tja, wie heißt's so schön?« Ritter und seine bescheuerten Lebensweisheiten. »Die Lösung ist das Problem.«

»Danke fürs Gespräch.« Stark war kurz davor, das Handy in eine Ecke zu knallen. »Was willst du?«

»Ja, also ich hab die Wette gewonnen«, sagte Ritter, »man kann treffen. Aber …« Und jetzt machte er wieder eine seine doofen Spannungspausen.

»Aber?«, rief Stark ungeduldig. »Was!«

»Ich dachte, Wiegand fährt den Wagen«, erklärte Ritter. »Dabei saß Weber am Steuer.«

»Ich hätt's dir gegönnt, dass du den Wiegand triffst«, knurrte Stark. »Und was heißt denn das jetzt?«

»Das heißt: Du kannst zwar gezielt treffen, aber du kannst nicht notwendigerweise sehen, wer drin sitzt.«

»Moment.« Endlich sprang Starks Gehirn wieder an. »Das heißt, es ging nicht gegen Francke oder Bohrmann. Der Mörder wollte die Insolvenzverwaltung treffen.«

»Bingo«, machte Ritter, und Stark ließ das Handy sinken.

Den Verdacht hatten wir ja schon, dachte er. Und Moggenhauer hat viele Feinde.

Düster starrte er vor sich hin. Das kann jeder gewesen sein, überlegte er, wirklich jeder!

FÜNFZEHN

»Komm, Anna!« Bohrmann lief zu seinem Wagen. »Einsteigen!« Er hatte ein Geschenk in der Hand und zeigte es ihr aufmunternd. »Guck mal, was ich hier drangemacht hab.«

Aber Anna sah gar nicht glücklich aus. Sie war eben in dem Alter, in dem man ungern zu Geburtstagen von anderen ging, weil ja dann auch nur die anderen was geschenkt bekamen. Und das war wirklich blöd. Total blöd!

»Na los, Mäuschen.« Bohrmann nahm das Mädchen auf den Arm. »Was ist denn?« Er wollte Anna ins Auto setzen, stutzte aber, weil er Eva bemerkt hatte, die langsam auf ihn zuging.

»Du bist ja schwanger«, sagte er erstaunt und lief ihr ein paar Schritte entgegen.

»Haben wir uns so lange nicht gesehen?«

»Ich durfte ja nicht mehr herkommen.«

Beide sahen sich beklommen an.

»Anna wollte unbedingt zum Kindergeburtstag.« Bohrmann versuchte ein Lächeln und sah seine Tochter an. »Und jetzt will sie nicht mehr. – Komm, mein Mäuschen!« Er ließ sie wieder runter. »Geh mal zum Auto.«

Dann richtete er sich wieder auf und sah Eva mit aufrichtigem Bedauern an. »Das tut mir leid, das mit Thomas.«

Eva fröstelte und zog sich die Daunenjacke enger um die Schultern.

»Mir tut es auch leid für euch. Für die Kinder«, setzte sie hinzu und sah ihn fragend an. »Bleiben sie jetzt bei dir?«

Bohrmann nickte. »Ja.«

»Wenigstens etwas.« Eva lächelte schwach. »Bis bald, Manfred.« Sie wandte sich ab, weil ihr wieder die Tränen kamen.

»Bis bald«, sagte Bohrmann und sah ihr nach, bis sie im Haus verschwunden war.

***

Auf die Nacht hatte Ritter gewartet. Es gab entschieden zu viele Verdächtige in diesem Fall, und es wurde Zeit, da mal ein bisschen aufzuräumen. Auch wenn man dafür verdeckt vorgehen musste. Sozusagen wie ein Detektiv. Amerikanisch und unsichtbar.

Er war in die Stralauer Allee gefahren und hatte den Wagen weit ab vom Schuss geparkt, unauffällig in einer Tiefgarage des Ostbahnhofs. Den Rest des Weges ging er zu Fuß. Er überwand die Bauzäune zum alten BEHALA-Gelände und schlich dann unterhalb der Kaimauer und über die Spundwände am Ufer der Spree bis zu den Gebäuden der Spedition Meierhofer. Die Arbeiterposten hielten auch nachts Wache. Frierend standen sie um brennende Ölfässer herum, wärmten sich die Hände, tranken heißen Grog. Ab und zu wehten ihre Stimmen herüber. Bei einigen spielten die Frauen nicht mehr mit, andere schimpften über »Kapitalistenschweine«, die alles in den Abgrund ziehen würden, und dass es so was in der DDR nie gegeben hätte.

Nee, dachte Ritter, da wärt ihr für eure Betriebsbesetzung schon längst im Knast gelandet.

Unruhig sah er sich um. Ein Stück weiter war ein alter Hafenkran. In dessen Schatten musste es möglich sein, bis zu Stahlmanns Büro vorzudringen. Hatten die wirklich einen Investor? Oder war das alles leere Polemik? Zum Beispiel um einen Rachefeldzug an Moggenhauer zu vertuschen?

Vorn wurde das Tor für einen Radfahrer geöffnet. Stahlmann, der Chef. Die Männer scharten sich um ihn, waren einen Moment lang abgelenkt. Blitzschnell enterte Ritter den Kai und wetzte in den gespenstischen Schattenarmen des Hafenkrans rüber zum Gebäude. Vorsichtig drückte er die Tür auf und verschwand darin, bevor ihn jemand bemerken konnte. Kurz darauf schob Stahlmann sein Fahrrad rein und stellte es genau vor der Nische ab, in die sich Ritter verdrückt hatte, um nicht gesehen zu werden.

»Wie war's?«, fragte einer der Streikposten. »Hat er zugesagt?«

»Es gibt Schwierigkeiten«, antwortete Stahlmann. Er klang müde und erschöpft. »Morgen sind noch mal Gespräche mit der Bank. Es fehlen zweihunderttausend.«

»Also Ofen aus?«

»Wir ziehen das hier trotzdem durch«, erwiderte Stahlmann. »Ich gehe hier nicht raus.«

Die beiden verschwanden weiter hinten in der Halle, und von seinem Versteck aus konnte Ritter nicht sehen, was sie da genau machten. Vorsichtig schob er Stahlmanns Rad beiseite, leise, gaaaanz leise …

»Ich möchte wissen, wo du immer deinen Optimismus hernimmst«, hörte er den Arbeiter.

»Wir müssen zusammenstehen«, sagte Stahlmann. »Wir haben keine Wahl.«

… im selben Augenblick fiel das Fahrrad um. Ritter hatte es noch zu halten versucht, doch vergebens: Mit lautem Scheppern fiel es zwischen zwei Stahlpaletten.

Schnell wollte Ritter zurück in seine dunkle Nische springen, doch schon wurde er von kräftigen Händen gepackt und brutal zu Boden geworfen.

Das war's. Die Situation war ihm vollends aus den Händen geglitten. Er beherrschte sie nicht mehr. Der Cowboy hatte verloren.

***

Eva Francke lag im Bett, konnte aber nicht schlafen. Neben ihr der leere Platz ihres Mannes. Da hatte er gelegen und manchmal noch bis tief in die Nacht gelesen. Da hatte er sie geküsst und geliebt. Und jetzt war er tot.

Plötzlich ein Geräusch. Es kam aus dem Garten, von direkt unterhalb des Schlafzimmerfensters. Erschrocken fuhr Eva hoch.

Was war das? Sie lauschte. Aber schon war es wieder still. Trotzdem machte sie Licht. Schon als Kind hatte sie Angst vor der Dunkelheit gehabt.

Irgendwas klapperte. Unten im Erdgeschoss. War ein Fenster nicht richtig zu?

Langsam stieg Eva aus dem Bett. Ihr Bauch war so dick, dass sie sich kaum noch vernünftig bewegen konnte, und sie hatte das Gefühl, bald platzen zu müssen. Es wurde Zeit, dass die Kinder kamen. Unglaublich, dass der Geburtstermin erst in drei Wochen sein sollte …

Vorsichtig und lautlos stieg sie die Treppe hinunter, lauschte.

Wieder das Klappern, im Wohnzimmer.

Hoffentlich war es wirklich nur ein Fenster. Eva spürte, wie die Angst in ihr hochkroch. Hastig machte sie überall Licht. Im Flur, in der Küche, dann im Wohnzimmer.

Trotzdem traute sie sich nicht hinein. Obwohl niemand hier zu sein schien. Wer auch? Allein der Gedanke war absurd. Vorsichtig trat sie ein, wartete und lauschte.

Da waren die Babywiegen. Sie standen noch immer so, wie Thomas sie hingestellt hatte. Alles war noch an seinem Platz. Und auch das Geklapper hatte aufgehört.

Langsam, Schritt für Schritt, näherte sie sich den großen Terrassenfenstern. Die Vorhänge waren zugezogen. Um zu schauen, ob sie die Fenster richtig verschlossen hatte, musste sie die Vorhänge öffnen.

Aber sie wagte es nicht. Sie hatte plötzlich ein ganz ungutes Gefühl. So als ob dahinter etwas wäre.

Hab dich nicht so, flüsterte sie sich Mut zu. Du siehst Gespenster, wo nur ein Vorhang ist.

Mit einem Ruck zog sie ihn auf und prallte mit schreckgeweiteten Augen zurück.

Denn im Garten, direkt hinter der Fensterscheibe, stand ein Mann. Harald Reling. Unbewegt starrte er sie an.

***

Die Arbeiter hatten den Kommissar hochgezerrt und stießen ihn unsanft durch die leere Fahrzeughalle auf Stahlmanns Schreibtisch zu.

»Was machen Sie denn hier?«, fragte der Speditionschef verwundert.

»Ich …« Ritter war etwas außer Atem. »Ich wollte Sie mal besuchen.«

»Da hätten Sie sich nicht zu verstecken brauchen.« Stahlmann klang vorwurfsvoll.

»Ich hab noch mal die Alibis überprüft.« Ritter ging ein paar Schritte auf Stahlmann zu. »Einer für alle. Alle für einen.« Er nickte langsam. »Solange keiner umfällt, haut es hin.«

Stahlmann bedeutete seinen Männern, sich zurückzuziehen.

»Bier?«, fragte er und hielt Ritter die Flasche hin, die er ohnehin gerade geöffnet hatte.

»Danke«, knurrte Ritter.

Stahlmann nahm sich eine neue Flasche und öffnete sie an der Schreibtischkante. »So schnell geben wir nicht auf«, lächelte er und stieß mit Ritter an.

Beide tranken.

»Es geht also voran mit eurem geheimnisvollen Investor?«

»Sieht ganz gut aus«, antwortete Stahlmann.

Er lügt, dachte Ritter, denn er hatte ja vorhin etwas ganz anderes gehört.

»Ansonsten war's das.« Stahlmann setzte sich, und Ritter tat es ihm nach.

»Wir sind alle über vierzig. Steinalt. Verstehen Sie?«

»Ja, das verstehe ich.« Ritter trank von seinem Bier. »Aber Sie müssen mich auch verstehen. Ich tue nur meinen Job.«

Stahlmann nickte langsam. »Sie haben wenigstens noch einen«, sagte er nach einer Weile. Er stellte seine Bierflasche neben sich und beugte sich vor.

»Wissen Sie überhaupt, was das heißt, heutzutage? Ein Jahr Arbeitslosengeld, dann Sozialhilfe. Auto verkaufen, aus der großen Wohnung ausziehen und den Kindern jeden Tag erklären, was alles nicht geht.« Er klang jetzt sehr bitter. »Ich sag Ihnen was: Ihren Job möchte ich nicht haben. Aber er ist besser als keiner.«

Ritters Handy meldete sich. Er zog es aus der Außentasche seiner Lederjacke. »Ritter, hallo?«

Eva Francke war dran, die verzweifelte schwangere Witwe. Sie klang sehr aufgeregt, angeblich stehe jemand vor ihrem Haus. Reling. Er beobachte sie, und sie habe Angst. Ob Ritter nicht ...

»Ja, ich komme gleich mal vorbei«, antwortete Ritter beruhigend und legte nachdenklich auf. Was war denn das jetzt wieder? Es war schon weit nach Mitternacht. Wieso stand Reling um diese Zeit vorm Haus seiner Nachbarin? – War der Kerl völlig durchgeknallt? Ein Perverser? Ein Psychopath?

Er erhob sich und nickte Stahlmann bedauernd zu. »Danke fürs Bier.«

Stahlmann lächelte und hob zum Abschied die Hand.

»Viel Glück«, wünschte Ritter und ging.

***

»Gott sei Dank!« Eva Francke öffnete Ritter die Haustür und ließ ihn rasch ein. »Ich halte das nicht mehr aus«, sagte sie völlig aufgelöst und lief in die Küche an den Kühlschrank. »Jemand verfolgt mich.« Sie drückte Ritter eine Flasche Bier in die Hand. »Reling. Er beobachtet mich die ganze Zeit.«

Ritter starrte verwundert auf das Bier in seiner Hand. »Extra für mich?«

Sie antwortete nicht, nippte etwas verlegen an einer Tasse heißer Milch.

Tja, was soll sie auch schon sagen, dachte Ritter und öffnete lässig die Flasche mit einem Plopp. Sie wird sich denken können, wie das aussieht. Gestern opfert sie die letzte Flasche ihres Mannes für mich. Und heute hat sie ein paar neue im Schrank. Weil sie einen Beschützer braucht. Und die trinken meistens Bier.

»Sie sehen müde aus«, stellte Eva fest.

»Allmählich reicht es auch.« Ritter trank die Flasche mit einem Zug leer und stellte sie dann auf den Küchentisch.

»Glauben Sie, dass ich mir das alles nur einbilde?«

Tja, wenn er das wüsste. »Ich verstehe, dass Sie Angst haben. Ist ja auch 'ne Menge passiert in den letzten Tagen.«

Sie senkte den Kopf, klammerte sich an ihrer Tasse fest. »Können Sie heute Nacht hier schlafen?« Bittend sah sie ihn an. »Ich ...« Sie wurde plötzlich geschäftig. »Ich mach Ihnen das Sofa im Wohnzimmer zurecht.«

Na prima, dachte Ritter, das hat mir gerade noch gefehlt.

Unruhig wälzte er sich später auf dem Sofa herum. Nein, man schläft nicht gut auf diesen allzu weich gepolsterten Designerdingern. Die sind zum Sitzen gemacht, zum dekorativen Herumfläzen auf irgendwelchen versnobten Partys. Nicht zum Schlafen. Aber er war auch nicht zum Schlafen hier. Er war hier, weil er einen untrüglichen Instinkt hatte. Weil er eine kleine, verängstigte junge Frau beschützen wollte, die zwei noch ungeborene Kinder in sich trug. Die zu viel mitgemacht hatte, als dass man sie allein lassen sollte. Und wenn da draußen jemand herumschlich, dann sollte er es merken.

Ruckartig fuhr Ritter hoch. War da was? Ganz nah am Haus? Er sprang vom Sofa, lief auf Zehenspitzen und nur im Unterhemd zur Haustür, lauschte. Stand etwa schon wieder dieser Reling vor dem Haus? Na, der konnte sich auf was gefasst machen.

Zackig riss Ritter die Tür auf. Eine Gestalt, mit einer Kapuze tief im Gesicht, rannte erschrocken weg.

»Hey«, brüllte Ritter und wetzte hinterher, »stehen bleiben! Polizei!«

Vergebens. Der Typ im Kapuzenpullover war viel zu schnell für den Cowboy. Da hätte es einen Mustang gebraucht, um den noch einzuholen.

»Scheiße!«, fluchte Ritter atemlos und blieb keuchend stehen. Sein Atem dampfte in der kalten Winterluft.

Eva hatte das Geschrei gehört und kam besorgt im Bademantel aus dem Haus. Ritter hob hilflos die Arme.

»Der ist weg.«

»Glauben Sie mir jetzt, dass ich beobachtet werde?«

Ritter atmete tief durch. »Ich habe Ihnen immer geglaubt«, versicherte er.

Eva verzog das Gesicht, und es sah so aus, als würde sie mit den Tränen kämpfen. Verzweifelt lief sie zurück ins Haus.

Arschkalt hier draußen, dachte Ritter und folgte ihr.

»Ich kann hier nicht bleiben«, schluchzte Eva hilflos und sank im Wohnzimmer aufs Sofa, auf dem eben noch Ritter gelegen hatte. »Ich schaff das nicht.«

Er setzte sich neben sie und nahm sie beruhigend

in den Arm. »Ich bleibe bei Ihnen«, versprach er ihr, »mhm?«

Jetzt brach es aus Eva heraus. All die Angst und die Sorge und das Leid. Sie schlug die Hände vors Gesicht und legte, jetzt tatsächlich weinend, ihren Kopf an seine Schulter.

SECHZEHN

Das fast gleichzeitige Klingeln von Telefon und Handy riss Stark am frühen Sonntagmorgen aus dem Bett. Geschlafen hatte er kaum, zu groß war die Sorge um seinen Sohn, die Angst, wie es wohl weitergehen würde mit Louisas plötzlichen Mutterambitionen.

Wie weit wird sie gehen? Das war die Frage, die in seinem Gehirn herumtrommelte. Wie weit wird sie, verdammt noch mal, gehen?

Am Handy war Weber, am Telefon Wiegand, und beide redeten gleichzeitig auf ihn ein. Moggenhauer habe einen anonymen Brief erhalten. Ja, Erpressung, es gehe um Geld, noch heute soll die Übergabe stattfinden.

»Na bravo«, jubelte Stark und rannte ins Badezimmer. Das war doch mal was! Endlich kam Bewegung in den vertrackten Fall – und alles war besser, als sich weiter mit den drängenden Fragen zu beschäftigen, die ihn schon die ganze Nacht hindurch gequält hatten. Es gab ohnehin keine Antworten darauf, und Arbeit war immer eine gute Möglichkeit, um sich von privaten Problemen abzulenken. Also ran an die Buletten!

Er warf sich ein paar Hände voll Wasser ins Gesicht, putzte sich die Zähne, zog sich an. Aufs Frühstück verzichtete er, das erinnerte ihn nur wieder an seinen Sohn. Nein, so schnell wie möglich ins Auto und weg! Arbeiten! Diesen verdammten Verbrecher endlich zur Strecke bringen!

Keine halbe Stunde später traf er voller Tatendrang bei Moggenhauer am Potsdamer Platz ein. Überall herrschte hektische Betriebsamkeit. Die ganze Firmenzentrale wurde von Polizeitechnikern verkabelt, Fangschaltungen wurden gelegt, Funkverbindungen getestet, Peilsender einsatzbereit gemacht.

Stark sah sich das Erpresserschreiben an. Na bitte, ein Computerausdruck, das sollte sich doch nachvollziehen lassen: »UNSERE FORDERUNGEN«, stand da, »WENN SIE NICHT DARAUF EINGEHEN WIRD ES WEITERE UNSCHULDIGE OPFER IN DER FIRMA MOGGENHAUER GEBEN! WIR FORDERN ERSTMALIG 300.000, EURO! KEINE POLIZEI! GELDÜBERGABE IN 1-ER STUNDE!«

»Wann kam das rein?«

»Dreiviertelstunde etwa«, antwortete Weber, »seitdem sind wa hier uff Trab.«

»Okay«, rief Stark in die Runde. »Wir haben noch fünfzehn Minuten, ja!«

»Ich will das nicht.« Firmenchef Moggenhauer sah sehr bleich aus.

»Herr Moggenhauer«, mahnte Stark eindringlich, »es ist alles vorbereitet. Sie werden schön machen, was der sagt!«

»Warum?« Er schüttelte resigniert den Kopf. »Ich bin sowieso ruiniert. Meine Leute kommen nicht mehr zur Arbeit. Zwei hat er schon umgebracht.« Ahnungsvoll sah er Stark an: »Warum hat er erst Geld nach dem zweiten Mord verlangt? Ich sag's Ihnen: Der will kein Geld. Der will mich. Ich werde der Nächste sein!«

»Nein«, widersprach Stark, »wenn er Sie gewollt hätte, hätte er Sie schon erwischt. Außerdem: Wir sind bei Ihnen. Sie werden komplett überwacht. Wenn es brenzlig wird, brechen wir ab.« Er sah Weber an. »Habt ihr Till inzwischen erreicht?«

»Der ist wie vom Erdboden verschluckt.«

»Dieser Brief ist gut.« Stark nahm das Erpresserschreiben in die Hand und wandte sich wieder Moggenhauer zu. »Wir freuen uns über diesen Brief, verstehen Sie? Wir suchen immer den Grund für ein Verbrechen. Ist es Rache, ist es Habgier, ist es Eifersucht? Der Grund führt uns zum Täter.«

Moggenhauer guckte skeptisch und wollte sich erheben, doch Stark drückte ihn einfach wieder in den Sitz zurück.

»Jetzt, wo wir wissen, was er will, werden wir bald wissen, wer er ist. Außerdem«, fügte er mit beruhigendem Tremolo hinzu, »hat er doch nichts in der Hinterhand. Wenn wir ihn erwischt haben, ist der Spuk vorbei.«

»Und wenn Sie ihn nicht kriegen?«

»Er wird Spuren hinterlassen.«

»Moggenhauer ist drin«, meldete Weber, »ebenso det Jeld. Festnetz und Handy werden überwacht – Hofeinfahrt und Briefkästen och.«

Von hinten kam Ritter heran. Stark hob zur Begrüßung seinen Arm und sprach weiter auf Moggenhauer ein:

»Behalten Sie die Nerven! In ein paar Stunden ist alles vorbei.« Er lief geschäftig auf Ritter zu: »Wo warst du denn?«

»Noch mal bei der Francke.«

»Wat?« Weber sah skeptisch auf. »Die janze Nacht?«

»Da war wieder einer im Garten«, erklärte Ritter. »Ich bin ihm hinterhergerannt, hab ihn aber nicht erwischt.« Er nahm das Erpresserschreiben in die Hand. »Was ist das?«

»Es geht nicht um Francke oder die Bohrmann«, stellte Stark fest. »Es geht um diese Firma, und es geht um Geld.«

»Keine Polizei«, las Ritter, »Geldübergabe in einer Stunde ...« Er tippte sich gegen die Stirn. »Da glaubst du doch selber nicht dran. Das ist doch ein völliger Dilettant.«

»Ja«, nickte Stark. »Der ist entweder Anfänger. Oder er ist genial.«

Moggenhauers Firmenhandy piepte drauflos.

»Hö«, machte Weber, »elf Minuten zu früh.« Er gab das piepende Handy an Moggenhauer weiter.

Der wartete noch einen Klingelton ab, bevor er zögernd abnahm. »Moggenhauer?«

Weber drückte auf die Mithörtaste und aktivierte Fangschaltung und Mobilfunkortung.

»Sie nehmen Ihren Dienstwagen«, hörte man eine verzerrte Stimme aus den eigens installierten echounterdrückenden Lautsprechern, über die alle Einsatzkräfte mithören konnten. »Sie fahren über den Großen Stern Richtung Brandenburger Tor. Ich melde mich wieder.« Dann wurde aufgelegt.

»Mist. Zu kurz«, winkte Weber ab.

»Okay«, rief Stark und klatschte auffordernd in die Hände. »Es geht los! Abmarsch!«

Um vom Potsdamer Platz über den Großen Stern zurück Richtung Brandenburger Tor fahren zu können, musste man erst mal westlich die Tiergartenstraße hoch bis zur Hofjägerallee und da rechts abbiegen.

Moggenhauer fuhr in seinem silbergrauen Firmenwagen vorneweg. Neben sich das Lösegeld in einer Papiertüte, in der ein kleiner Peilsender versteckt war.

Die Kommissare folgten in Starks Privatwagen, der weniger auffiel, zumal die Gefahr bestand, dass der Erpresser den Dienstwagen der Kommissare erkannte. Sie hielten vorsichtig Abstand und Kontakt mit Weber, der weiter in der Unternehmensberatung saß und von dort aus am Computermonitor die Peilung überwachte.

»Solange ihr im Tierjarten seid, is allet paletti«, erklärte er über Funk, »da sendet alleene der Peilsender mit 'ner Reichweite von jut fünf Kilometern. Schwieriger wird's, wenn euch der Knabe in die Innenstadt lotst. Det wird dann rapide weniger zwischen die Häuser. Da machen wa dann Kreuzpeilung über die Handynetze, det ist aber unjenauer – also seht zu, dass ihr dicht drannebleibt.«

Vorn tauchte die Siegessäule mit der Goldelse auf.

»Also, er ist jetzt am Großen Stern«, meldete Ritter weiter.

»Det seh ick hier janz jenauso an meine Hightech«, knarzte Webers Stimme aus dem Funkgerät.

»Fahren Sie rechts ran«, quäkte plötzlich verzerrt der Erpresser aus den Lautsprechern, »gehen Sie zu Fuß mit dem Geld in den Tiergarten. Über die Brücke und dann den Weg rechts.«

»Habt ihr das gehört?«, gab Ritter an Weber weiter, »der fährt rechts ran jetzt, ja?«

»Was ist los«, Stark blinkte hektisch rechts raus, »wo fährt der ran?«

»Da fährt er rechts ran.« Ritter zeigte es ihm und meldete es über Funk weiter: »Der fährt rechts ran und soll aussteigen.«

»Ich kann doch nicht hinter dem halten«, regte sich Stark auf, »das sieht doch jeder …« Er holperte auf den Mittelstreifen und stoppte da, während Moggenhauer schon zwischen den kahlen Bäumen in Richtung Brücke verschwand.

»Der läuft jetzt in den Tiergarten«, meldete Ritter ins Funkgerät und stieg aus. »Süd-Ost-Eingang.« Die Kommissare folgten eilig auf einem parallelen Weg und ließen Moggenhauer nicht aus den Augen.

Der hatte Angst und sah sich nervös um. Es waren wenige Menschen im Tiergarten um diese Zeit. Die sonntäglichen Spaziergänger und Jogger standen später auf. Und hinter jedem Baum, jedem Strauch konnte der Mörder versteckt sein.

Am Neuen See kam ihm eine Frau entgegen. Mit Kinderwagen, aber das konnte auch Tarnung sein. War es überhaupt eine Frau? Schwarz gekleidet, die Schirmmütze tief im Gesicht – das konnte genauso gut ein Mann tragen … – Nee! Falscher Alarm. Die Frau lief vorbei. Glück gehabt.

Trotz der Kälte trat Moggenhauer der Schweiß auf die Stirn.

Von vorn kam ein Mann angetrabt. Ein Jogger, helle Hose, schwarze Jacke, die Kapuze tief ins Gesicht gezogen.

»Jetzt wird's interessant«, raunte Ritter und zog Stark rasch hinter einen Baumstamm, »wenn das der Typ von gestern Nacht ist …«

»… haben wir verloren.« Stark grinste. »Der hängt dich wieder ab!«

Ritter wollte schon los, sich dem Mann kühn entgegenwerfen, doch Stark hielt ihn zurück.

»Pscht«, zischte er, »ganz ruhig, Brauner!«

Der Jogger trabte an Moggenhauer vorbei, ohne dass etwas geschah.

»Siehste«, Stark ließ Ritter los, »war gar nichts.«

Plötzlich schoss von links ein Radfahrer aus dem Dickicht, riss Moggenhauer die Tüte aus der Hand und ging in die Pedale.

»Hey!«, brüllte Ritter und rannte hinter ihm her. »Hey, halt!«

»Schwarzer Radfahrer mit Helm«, meldete Stark ins Funkgerät und lief Ritter hinterher, »der sich in Richtung Botschaftsviertel bewegt!«

»Scheiße!« Der Radfahrer war weg. Ritter konnte es nicht fassen und blieb atemlos stehen.

Vermutlich doch eher genial, dachte Stark, als Anfänger.

»Nu steht nich rum, Männers«, meldete sich Weber über Funk, »der haut nordwestlich ab, Richtung Hofjägerallee. Ran ans Steuer! Schneidet ihm den Weg ab.«

»Der is gut!« Die Kommissare rannten zu ihrem Wagen zurück, wendeten, entgegen allen hier geltenden Verkehrsregeln, auf der Straße des 17. Juni, bretterten zurück auf den Großen Stern, rasten mit kreischenden Reifen in den Kreisverkehr um die Siegessäule herum und wieder in die Hofjägerallee hinein.

»Fahr mal langsamer, langsamer!« Ritter sah nervös in den Park. Die ganze Zeit hatte er sich auf den Frühling gefreut. Jetzt aber liebte er den Winter, denn durch das kahle Astwerk der Bäume und Sträucher konnte er den flüchtenden Radfahrer ausmachen. »Dreh um«, schrie er aufgeregt, »komm, mach! Wenden!«

Stark bog knapp vor einem heranrauschenden Laster auf die andere Straßenseite und stoppte.

»Till, Felix, meldet euch!«, hörte man Weber über Funk.

Die Kommissare rannten in den Park, beide mit ihren Funkgeräten am Ohr.

»Der ist langsamer geworden«, quasselten sie aufgeregt Weber in seiner Zentrale voll, »nachher hat der das Rad stehen gelassen und geht zu Fuß. – Wir gehen jetzt zu Fuß in den Park. Der muss hier irgendwo sein!«

Aufmerksam sahen sie sich um. Aber der Radfahrer war nirgends zu sehen. Ruhiger tappten sie durch den Park, schoben Äste und dorniges Gestrüpp beiseite, schlichen zwischen hohen Bäumen entlang.

»So is jut«, meldete sich Weber über Funk, »die Richtung stimmt schon mal. Jetzt müsst ihr'n gleich sehen.«

Nee. Ritter und Stark drehten sich um ihre eigenen Achsen. Wo war der Kerl? Der konnte sich doch nicht in Luft aufgelöst haben.

»Paar Meterchen, Kinders, det kann doch nich so schwer sein.«

Was faselte Weber da? Die Kommissare sahen sich ratlos an. Hier war niemand. Bis auf einen alten Gärtner vom städtischen Grünflächenamt, der alte und heruntergebrochene Äste von den Wegen sammelte und auf die Ladefläche seines Multicars warf, war niemand zu sehen.

»Da seid ihr joldrichtig«, lobte Weber.

»Was?« Ritter und Stark verstanden es nicht. Sie liefen am Multicar vorbei, sahen sich um. Nichts.

»Na, direkt hinter euch«, sagte Weber.

»Weber«, rief Ritter genervt ins Funkgerät, »das kann nicht sein!«

»Na, umdrehen und noch mal nachkieken!«

»Was? Die Kommissare gingen zum Gärtner zurück. Der alte Mann? Unmöglich.

»Hier«, sagte Stark plötzlich.

»Wo?« Ritter kam heran. »Was?«

»Das!« Stark zeigte ihm die braune Papiertüte mit dem Peilsender. Sie lag zwischen den Ästen auf der Ladefläche des Multicars und war – natürlich – leer.

»Na toll!« Ritter schnappte sich den Gärtner. »Wie sah der Mann aus?«

»Mittelgroß, dunkel gekleidet«, erklärte der Gärtner, »auf die Arme so rote Streifen, schwarze Umhängetasche und ‘n schwarzet Fahrrad.«

»Reling«, stellte Stark fest. Der hatte ein schwarzes Fahrrad.

»Stahlmann«, widersprach Ritter.

Stark sah verwundert auf. »Was ist mit dem?«

»Na, der hat auch so ein Fahrrad.«

»Woher weißt ‘n das?«

»Stahlmann, na klar!« Ritter schlug sich gegen die Stirn. »Weil ich gestern Nacht noch mal da war und mich ein bisschen umgehört hab. Der will sich sanieren!«

»Ich denke, du warst bei der Francke?«

»Ja. Bei der Francke war ich auch.«

»Vielen Dank für diese schnellen und ausführlichen Informationen hier.« Stark steckt sein Funkgerät weg.

Mann, Mann, Mann! Ritter hob die Hände und lief zum Auto zurück. »Also, wenn du fertig bist mit beleidigt sein, könnten wir uns vielleicht mal den Stahlmann schnappen.«

Stark nahm die leere Tüte mit und rannte Ritter nach.

SIEBZEHN

Noch im Wagen forderten die Kommissare Verstärkung für den Zugriff in der Spedition Meierhofer an, und so folgten ihnen nur wenig später mehrere Streifenwagen mit Blaulicht über die breiten Kaianlagen des alten Osthafens an der Stralauer Allee. Die Besetzer der Spedition, Fahrer und Angestellte, schlossen die Reihen und formierten sich am Tor zur handfesten Abwehr der Staatsgewalt. Schließlich glaubten sie an eine polizeiliche Räumung.

»Kommt, lasst uns durch«, sagte Ritter sehr ruhig und hob beschwichtigend die Arme, doch stattdessen rückten die Posten noch näher zusammen.

»Keine Tricks, Mann!« Einer der Firmenbesetzer trat vor.

»Okay«, lenkte Ritter ein und deutete auf das Walkie-Talkie des Besetzers, »dann ruft den Erich über Funk!«

Die Posten sahen sich misstrauisch an. Dann nahm der von Ritter angesprochene Besetzer sein Walkie-Talkie: »Erich, bitte kommen! – Erich? Hörst du mich?«

Keine Reaktion.

Ritter und Stark hatten nichts anderes erwartet. Entweder Stahlmann war noch nicht angekommen, oder aber er versuchte, erst mal das Geld zu verstecken und ein wenig zur Ruhe zu kommen, um gleich den Harmlosen zu spielen.

»Erich, bitte kommen! Erich!« Die Besetzer wurden jetzt auch unruhig. »Erich, die Polizei ist hier!«

»Nun reicht's aber!« Ritter schob die Besetzer beiseite.

»Hey, keine Tricks«, nölten die, aber ihr Widerstand war nur noch halbherzig. Auch sie ahnten inzwischen, dass etwas nicht in Ordnung war.

Ritter und Stark liefen zügig in die alte Fahrzeughalle.

Und da saß er. Erich Stahlmann. Hinter seinem Schreibtisch. So als wäre nichts gewesen.

»Warum sind Sie nicht ans Funkgerät gegangen?«, rief Ritter empört und kam heran.

Stahlmann sah auf und tat verwundert.

Im Hintergrund wies Stark die Polizisten an, alles zu durchsuchen.

»Wo waren Sie?«, brüllte Ritter Stahlmann an.

Der verzog das Gesicht. »Auf dem Pott, wenn's erlaubt ist.«

Ritter sah in die Nische, in der er sich letzte Nacht versteckt hatte. »Und wo ist das Fahrrad?«

»Was für 'n Fahrrad?«

»Hier, *das* Fahrrad.« Ritter zeigte wütend auf die Stelle, wo ihm noch in der vergangenen Nacht das Fahrrad in die Quere gekommen war und seinen Lauschangriff enttarnt hatte. »Das stand gestern noch da. Wo ist das Fahrrad?«

Stahlmann schüttelte den Kopf. »Ich weiß nicht, was Sie meinen.«

»Na ja, Sie brauchten noch Geld«, half ihm Ritter auf die Sprünge, »zweihunderttausend. Richtig? Die fehlten noch. Gestern Abend haben Sie den Kollegen von einem geheimen Investor erzählt. Und wissen Sie was?« Ritter packte Stahlmann am Kragen und zog ihn zu sich heran. »Sie sind das.« So leicht machte dem

Cowboy niemand was vor. »Der Typ sind Sie«, wiederholte er wütend, »richtig?«

»Und dafür war Ihnen jedes Mittel recht«, sekundierte Stark ruhiger.

Noch bevor Stahlmann auf die Vorwürfe reagieren konnte, wurde er von Ritter von seinem Stuhl geholt, geschüttelt und angeschrien:

»Sag endlich die Wahrheit, Mann!«

»Lass doch mal, lass doch mal, lass doch mal!«, beruhigte Stark seinen aufgebrachten Kollegen und ging dazwischen.

»Das war doch ein schöner Plan, ja?« Er sah erst Stahlmann, dann Ritter an. »Erst verzögert er die Versteigerung, indem er die beiden Insolvenzverwalter erledigt, und dann: Dann erpresst er den Laden noch.«

Ein uniformierter Polizist kam heran. »Aus dem Spülkasten«, sagte er und drückte Stark eine feuchte Plastiktüte mit zerknüllten Geldscheinen in die Hand.

»Ist aber ein dilettantisches Versteck!« Stark wog die Plastiktüte mit den Händen ab. »Hatten wohl nicht genügend Zeit. Was wird das sein? Mhm? Dreihunderttausend?« Er knallte die Tüte auf den Schreibtisch und genoss es. »Zweihunderttausend für die Firma, hunderttausend Spesen?«

»Ich ...« Stahlmann brach zusammen.

»Was, ich«, fuhr Stark ihn an, »was?!«

»Ich hab gedacht, das ist die Chance«, sagte Stahlmann kleinlaut und sank auf seinen Stuhl hinter dem Schreibtisch. »Kein Risiko.«

»Und wenn die Firma nicht gezahlt hätte, hätten Sie munter weitergemordet, ja?«, regte sich Stark auf. »Ein werdender Vater und eine zweifache Mutter, das hat wohl nicht gereicht, häh?«

»Ach Quatsch, die zwei waren doch sowieso tot«, rief Stahlmann abwehrend. »Mit den Morden hab ich nichts zu tun!« Er sah Ritter an, der sich über den Tisch gebeugt hatte, und versicherte: »Überall stand, der Erpresser hat sich nicht gemeldet. Vielleicht hat er Angst bekommen. Da hab ich gedacht ...«

Er sprach nicht weiter, denn zwei Polizisten legten ihm Handschellen an und führten ihn ab.

»Tja«, sagte Ritter und atmete tief durch. »Er hat gedacht.«

Es war zum Wahnsinnigwerden. Stark schüttelte den Kopf. Denn das, was Stahlmann da erzählte, klang ziemlich schlüssig. Wenn das stimmte, hatten sie den Autobahnattentäter noch immer nicht. Dann lief der Mörder von Thomas Francke und Sybille Bohrmann weiterhin frei herum, und die Jagd ging weiter.

Dann hieß es: Alles auf Anfang. Sie konnten noch mal von vorn anfangen.

***

Stumm saßen sie am Nachmittag in ihrem Büro. Ritter hatte die Beine hochgelegt wie ein Cowboy auf der Ranch, den Kopf in die Hände gestützt und die Augen geschlossen. Stark hockte hinter seinem Schreibtisch und knetete angespannt die Hände, und Weber blickte betrübt vor sich hin. Denn die hereinkommenden Nachrichten waren alles andere als berauschend. Stahlmann konnte zwar die versuchte Erpressung, nicht aber die beiden Morde nachgewiesen werden. Denn tatsächlich hatte er zum Zeitpunkt des Todes von Thomas Francke von seinem Schreibtisch in der Spedition aus mit einem möglichen Geldgeber telefoniert, dessen Aussage inzwischen vorlag und die über alle Zweifel erhaben war. Und als Sybille Bohrmann starb, hatte Stahlmann mit Vertretern zweier Banken über die Zukunft von Meierhofer verhandelt. Dies war soeben per Fax bestätigt worden, und somit standen die Kommissare vor dem Nichts.

Alles umsonst.

Zudem flog eben die Tür auf, und ein sehr aufgebrachter Kommissionsleiter stürmte herein.

»Das darf doch nicht wahr sein: Dieser Stahlmann war es gar nicht!« Wiegand war außer sich. »Und gerade habe ich den Journalisten das Gegenteil erzählt. Wir machen uns doch«, brüllte er, »zum Gespött!!!«

»Ja, wollen Sie damit sagen, wir hätten uns nicht um die Erpressung kümmern sollen?«

»Ich will damit sagen, dass da draußen einer rumläuft, der seit einer Woche Berlin in Angst und Schrecken versetzt!« Er beugte sich zu Stark herunter und fügte eindringlich hinzu: »Und dass es verdammt noch mal Ihr Job ist, den zu kriegen!« Schnaubend ging er zur Tür zurück. »Ich erwarte heute Abend Ihren Bericht.« Doch bevor er das Büro verließ, fielen ihm noch Ritters hochgelegte, cowboybestiefelte Füße auf. Er packte sie und stieß sie dahin, wo sie gefälligst hingehörten: auf den Boden!

»Weber!«, zischte er und marschierte energisch aus dem Raum.

Weber hob ergeben die Schultern und erhob sich. »Det wird schon wer'n mit de Mutter Bär'n«, sagte er aufmunternd zu Ritter und Stark, bevor er Wiegand hinausfolgte. »Mit de Mutter Born is ja och jewor'n.«

Er schloss die Tür hinter sich, und die Kommissare blieben allein zurück.

Stark sah auf die Uhr. Vier Uhr. In einer halben Stunde wollte Louisa das Kind zurückbringen, und er hoffte innigst, dass sie sich daran hielt. Der Junge hatte morgen Schule, der musste seine Sachen noch zusammenpacken und Hausaufgaben machen. Und außerdem, verdammt noch mal, hatte auch Stark ein Recht darauf, mit seinem Sohn einen Sonntagnachmittag zu verbringen.

»Tja«, sagte er, »Scheiße«, und erhob sich.

»Okay.« Ritter setzte sich wieder auf. »Dann fangen wir noch mal von vorne an. Dann war's doch der Reling. Den lassen wir jetzt observieren – rund um die Uhr, bis er einen Fehler macht …«

Er unterbrach sich, weil Stark sich seine Jacke anzog.

»Ach, hätte ich fast vergessen: Der Stark hat Feierabend, häh? – Muss noch einkaufen gehen«, fügte er mit sarkastischem Spott hinzu, »den Hausputz machen, Abendbrot für den Kleinen … Was ein Glück, dass ich kein Privatleben habe.«

Er seufzte, erhob sich langsam und sah Stark offen an. »Soll ich dir mal was sagen? – Du solltest langsam mal deine privaten Probleme in den Griff kriegen: Sonst kannst du dich bald in den Innendienst versetzen lassen«, wurde er lauter, »die haben feste Arbeitszeiten!«

Ja, dachte Stark, du auch noch! Nee, das war alles zu viel für ihn, das war jetzt wirklich zu viel! Und dann rastete er aus:

»Sag mal, du kapierst wohl gar nix, was«, rief er außer sich. »Das ist doch nicht die Welt hier!«

Plötzlich brach alles aus ihm heraus, brachen sich all seine Ängste, all sein Frust Bahn. Und Ritter bekam es ab.

»Mann!«, brüllte Stark, und seine Stimme überschlug

sich. »Was machen wir denn hier: Wir kriegen irgendwelche Leute, und morgen fangen wir wieder von vorne an! So geht das jahraus, jahrein. Das ist doch kein Leben!« Er sank wieder auf seinen Stuhl und fegte mit einer Handbewegung die Akten vom Tisch. Raschelnd flatterten sie zu Boden.

»Mein Junge ist es, wofür ich lebe«, setzte Stark hinzu und knallte einen Ordner in die Ecke, »verstehst du? Und den werde ich nicht verlieren«, er kämpfte verzweifelt mit den Tränen, »und wenn es mich hier den Job kostet, Mann!« Wütend trat er gegen seinen Schreibtisch, dass es krachte.

»Super«, fand Ritter das. »Bin ich wieder das Arschloch, häh? Wie immer. Ich hab dir schon hundertmal Hilfe angeboten. Aber du hast ja immer alles im Griff. Du brauchst mich ja nicht.« Er stemmte die Arme in die Hüften und sah Stark traurig an. »Du brauchst mich ja höchstens als Beispiel dafür, wie du nicht sein willst, richtig?!« Er holte tief Luft.

»Ja!« Stark nickte. »Wahrscheinlich!« Was wusste Ritter schon davon? Der hatte doch keine Ahnung, wie es war, wenn alles zusammenbrach, wenn einem das ganze Leben unter den Füßen weggezogen wurde ... Wenn einem das Kind genommen wurde!

»Weißt du was«, sagte Ritter, denn er hatte auch die Schnauze voll. »Du kannst mich mal.« Er nahm seine Lederjacke und ging zur Tür. »Such dir doch 'nen neuen Partner!« Er wollte die Tür wirkungsvoll ins Schloss knallen, doch eine junge Frau kam ihm dazwischen. Aber er war jetzt nicht in Stimmung. Noch nicht mal für junge Frauen! »Ciao!«

Die junge Frau sah ihm irritiert nach und lächelte dann Stark unsicher an.

»Hallo? Entschuldigung?«

Stark ignorierte sie. Er wollte nur noch nach Hause.

»Ich bin Janine Müller«, erklärte die junge Frau. »Finde ich hier Kommissar Stark?«

»Den kenn ich nicht«, antwortete Stark und schnaubte sich die Nase.

»Ach so ...« Janine Müller schien etwas ratlos. »Wissen Sie, ich bin nämlich der neue Babysitter von Herrn Stark. Dann sind Sie bestimmt Herr Ritter.«

»Den kenn ich auch nicht.«

»Oh. Dann«, Janine Müller ging wieder zur Tür, »entschuldigen Sie die Störung.«

Bitte, dachte Stark und sank wieder auf seinen Stuhl. – Mist!

ACHTZEHN

Nachdenklich fuhr er nach Dahlem zurück, wo Sebastian schon auf ihn wartete. Sie sortierten seine Schulsachen, aßen früh zu Abend, denn der Junge musste noch Hausaufgaben machen.

»Kommst du damit allein zurecht?«

Sebastian nickte. »Klar!«

»Ich bin in einer Stunde zurück, okay?«

Der Junge nickte. »Geht klar.«

Und Stark fuhr durch die Dämmerung in die Innenstadt zurück. Es war falsch gewesen, den Cowboy vorhin so anzubrüllen. Der hatte es jetzt abgekriegt, obwohl er für nichts konnte, und Stark wollte sich entschuldigen. Er wusste, dass Ritter an den Sonntagabenden meist im »Einstein« saß und seine Rabattkarten abarbeitete.

Stark parkte das Auto in der Tiefgarage des »Lafayette« und betrat wenige Minuten später das Café. Wie erwartet hockte Ritter am Tresen. Stark trat langsam von hinten an ihn heran, und obwohl klar war, dass ihn der Cowboy allein schon wegen der verspiegelten Wand hinter der Theke bemerkt haben musste, wurde er ignoriert.

Also zog er sich einen Barhocker heran und setzte sich neben ihn.

Stumm sahen sie hinaus auf das Treiben in der Friedrichstraße. Sonntägliche Spaziergänger schlenderten vorbei, Flaneure und Touristen, die sich an den Schaufenstern der exklusiven Geschäfte und Boutiquen ringsum die Nasen platt drückten.

»Ein bisschen entgegenkommen musst du mir auch«, sagte Stark nach einer Weile.

Ritter schob ihm schweigend einen frischen Bagel rüber, vermied es aber, ihn anzusehen.

»Weißt du«, Stark seufzte, »ich komme immer zu spät, wenn Basti irgendetwas hat.« Er guckte, ob sich Ritter zu ihm wandte, doch der blickte stur in die andere Richtung. Beleidigt sein konnte er auch.

»Wenn ich im Job bin, denk ich an ihn«, erklärte Stark weiter, »wenn ich zu Hause bin, denk ich an den Job.« Das mochte normal sein, wenn man Kinder hatte, aber bei Stark kam noch Louisa hinzu. Seine verdammte Exfrau. »Ich mein, es ist okay, wenn er seine Mama lieb hat«, fügte Stark hinzu, »aber ich hab so eine Angst, ihn zu verlieren. Das würde mich wahnsinnig machen. Und dann dachte ich, wir hätten diesen blöden Fall hinter uns, und stattdessen haben wir nur so 'n Trittbrettfahrer.« Er sah auf den Bagel, nahm den Teller in die Hand. »Und außerdem macht Louisa Andeutungen, ich würde meinem Kind nicht gerecht werden.«

»Also jetzt pass mal auf!« Ritter fuhr herum und nahm ihm den Bagel wieder ab. »Du triffst dich mit ihr«, sagte er entschieden, »und zwar heute Abend noch! Ihr müsst mal miteinander reden! Und du musst ihr klarmachen: Wenn's hart auf hart kommt, dann wirst du kämpfen! Okay?«

Stark nickte langsam.

»Und dann musst du dich endlich mal für eine dieser Babysitterinnen entscheiden.« Er schob ihm den Bagel wieder hin. »Also ich würde die Mandy da nehmen. Haste die Nummer noch? – Musst sie ja nicht gleich heiraten.«

»Und was wird jetzt mit unserem Fall?«

»Na, den Fall werden wir heute Abend nicht mehr lösen. Reling wird observiert, mehr können wir im Moment nicht machen, klar?«

Klar, dachte Stark. Und er hat recht, ich muss mit Louisa reden. Ihr eindeutig klarmachen, wie der Hase läuft. So schnell wie möglich und so eindringlich wie nötig. Und das dürfte länger dauern, obwohl er dem Jungen versprochen hatte, gleich zurück zu sein. Stark seufzte. »Ich kann heut Abend nicht. Ich hab Sebastian.«

Ritter wiegte den Kopf. »Den kann ich ja übernehmen«, sagte er schließlich und sah seinen Partner aufmunternd an.

***

Als er mit dem Wagen vor Starks Wohnung in Dahlem hielt, wartete der Junge schon am Fenster auf ihn.

»Hey«, machte Ritter.

»Du kommst ja wirklich«, strahlte das Kind.

»Klar, mein Großer!« Ritter holte einen großen Pappkarton aus dem Kofferraum und kam heran. »Wir beide machen uns heute ‘n netten Abend. Mach mal auf!«

Der Türöffner ging, und Ritter stieg die Stufen zur Wohnung hoch. »Na? Hausaufgaben gemacht?«

»Klar.« Der Junge ließ ihn eintreten und schloss die Tür.

»Zähne geputzt?«

»Mhm«, machte das Kind und setzte sich gespannt auf einen der Sessel im Wohnzimmer.

»Das ist aber schade, denn ich hab noch ‘nen leckeren Bagel für dich.«

Machte nichts, der Junge nahm ihn trotzdem.

Ritter hockte sich auf den Fußboden und zeigte auf seinen Karton: »Willst du gar nicht wissen, was in dem Karton hier drin ist, den ich dir mitgebracht habe?«

»Nö.« Sebastian grinste.

»Nö?« Ritter lächelte zurück, öffnete den Karton und holte die Schiene einer Carrerabahn heraus.

»Oh cool«, rief Sebastian und sprang vom Sessel, »'ne Autobahn!«

Ritter holte noch mehr Schienen hervor.

»Mit Super-Looping!« Damit konnte man noch jeden Jungen begeistern.

»Wollen wir die mal aufbauen?«

Aber das war längst eine überflüssige Frage geworden. Ritter drehte den Karton um und kippte die ganzen Schienen auf den Fußboden.

»Okay, fangen wir an.«

***

Felix Stark saß allein im »Einstein«. Er hatte Louisa auf dem Handy angerufen und gefragt, ob sie sich mal treffen sollten. Jetzt, gleich. Er würde sie zu einem Bier einladen oder einem Wein. Mal reden, ganz in Ruhe.

»Ich wüsste nicht, was wir zu bereden hätten«, hatte sie geantwortet und sehr abweisend geklungen.

Wie sie sich die Zukunft vorstellte, wollte Stark wissen, jetzt, wo sie sich wieder an ihre Mutterrolle erinnerte und sich um Basti kümmern wollte. »Darüber könnten wir doch mal reden, meine ich. Bei einem Glas Wein.«

Aber sie hatte ihn nur abgeblockt. Sie trinke keinen

Wein. Und überhaupt, wer kümmere sich um das Kind, wenn sie sich mit ihm irgendwo besaufe?

»Der Junge ist versorgt.«

»Der ist versorgt? Schon wieder eine fremde Person? Ist dir eigentlich klar, dass das Kind seine Eltern braucht, nicht irgendwelche Babysitter?«

Da war Stark klar geworden, dass das Gespräch wieder die übliche Wendung nehmen würde. Er wollte es auch gar nicht am Telefon führen. Er wollte sich einfach nur mal persönlich mit ihr aussprechen, »eben weil das Kind seine Eltern braucht – und zwar beide«.

Möglicherweise jedenfalls, denn bislang waren er und Sebastian auch bestens allein ausgekommen. Wenn auch nicht freiwillig. Doch wo Louisa nun schon mal wiederaufgetaucht war, könne man sich ja auch zusammenraufen. Des Kindes wegen.

»Oder wolltest du dich allein darum kümmern? So wie ich es sechs Jahre lang getan habe? Obwohl du ja so allein nicht bist. Vielleicht wollt ihr ja eine Familie gründen mit Sebastian, du und dein neuer Freund?«

»Darum geht's doch gar nicht!« Da hatte ihre Stimme schon sehr schrill geklungen.

»Ach nein? Worum geht es dir denn dann?«

Kurz: Das Gespräch war völlig in die Hose gegangen, wie auch alle anderen Gespräche zwischen ihm und ihr. Da konnte man nichts machen. Sie verstanden sich einfach nicht. Man konnte sagen, was man wollte, es wurde grundsätzlich ins Gegenteil verdreht.

Stark bestellte sich noch ein Wasser und sah auf die Uhr. Kurz nach acht Uhr abends. Er könnte jetzt nach Hause fahren, Sebastian ins Bett bringen. Womit er ihm sicher keine Freude machen würde. Vermutlich hatten sie gerade die Carrerabahn aufgebaut und waren mitten in den Vorrunden zum Grand Prix. Ritter versus Basti, heißere Rennen kann man sich kaum vorstellen, die würden die halbe Nacht durch gehen. – Da konnte Stark jetzt nicht einfach reinplatzen und den Spielverderber geben.

Nein, wenn er jemandem eine Freude machen wollte, dann am ehesten den Kollegen, die jetzt in der Kälte in ihrem Auto froren, weil sie Reling zu observieren hatten. Seit dem späten Nachmittag hockten sie schon in der Siedlung am Insulaner. Und auch sie hatten Kinder und Ehefrauen, die jetzt ihren Sonntagabend allein verbringen mussten.

Stark erhob sich. »Es gibt nichts Gutes, außer man tut es«, hatte schon der olle Kästner gesagt. Und der sollte es wissen.

***

Wenig später bog er mit dem Wagen in den Sonnenblumenweg ein und stoppte direkt hinter den Kollegen. Er stieg aus, hob seine Hand und lächelte.

»Hi, Felix!«

»Hi«, sagte er und rieb sich die Hände. »Könnt abhauen. Ich übernehme.«

»Ah«, das freute die Kollegen, und sie ließen es sich nicht zweimal sagen.

»Ciao, Felix«, riefen sie und starteten ihren Wagen. »Vielen Dank.«

»Keine Ursache. Gute Nacht!« Er sah ihnen nach, bis sie hinter den Häusern verschwunden waren, und atmete tief durch. Brrr, das war wirklich eine klirrende Winternacht. Viel zu kalt, jedenfalls für Anfang März.

Und es war nichts los auf den Straßen von Moggenhauer-Town. Die Bewohner hatten sich an ihre warmen Kamine verkrochen.

Drüben war noch Licht. Bohrmann hatte seine Kinder ins Bett gebracht, saß in der Küche und schmierte ihnen Stullen für die Schulbrotbox.

Das Doppelhaus von Francke und Reling dagegen lag in völliger Finsternis. Entweder die waren schon im Bett, oder ...

Neugierig trat Stark näher. Zumindest den Reling hatte er anders eingeschätzt, mehr als Nachtmenschen, der stundenlang zu Hause vor irgendwelchen Gesetzestexten brütete, um seine Mitmenschen mit juristischen Verfahren zu überziehen. Ein einsamer Typ, der vermutlich nur etwas Nähe suchte.

Stark stellte sich auf die Zehenspitzen und versuchte einen Blick ins Innere des Hauses zu werfen. Vergebens, er sah nur sein eigenes Spiegelbild im Schein der spärlichen Straßenlampen.

Und bei der Francke? Was war mit der? Auch hier alles dunkel, wie es schien. Schwangere brauchten vermutlich viel Schlaf. Oder nicht.

»Was wollen Sie hier?«, hörte er plötzlich ihre Stimme und fuhr herum. Schützend hielt er sich die Hand vors Gesicht, denn sie blendete ihn mit ihrer Taschenlampe. Dann ließ sie sie sinken.

»Entschuldigen Sie!« Eva Francke hatte ihn als den kleineren der beiden Kriminalkommissare erkannt und ließ ihn zu sich ins Haus.

»Ich komme mir langsam lächerlich vor mit meinem Verfolgungswahn«, sagte sie leise und zeigte ihm einen bunten, hutschachtelgroßen Pappkarton auf dem Wohnzimmertisch.

»Ist schon okay.« Stark öffnete den Karton. Plüschtiere lagen drin, Puppen, jede Menge Spielzeug. Seltsam.

Eva hielt sich an einer Tasse Tee fest und sah ihn unsicher an. »Warum legt mir jemand so eine Kiste vor die Tür?«

Das war die Tausend-Dollar-Frage.

Stark nahm nachdenklich einen gelben Mond aus dem Karton. Es war eine Schlafuhr, man hängte sie den Kindern ans Bett und zog sie auf. Der Mond spielte dann »La-Le-Lu«, das rührende Lied aus einem alten Heinz-Rühmann-Film. Darin spielte er einen Zirkusclown, der sich auch ganz allein um seinen kleinen Sohn gekümmert hatte.

Bis die Mutter kam, nach langen Jahren, um ihm das Kind wegzunehmen …

NEUNZEHN

Die Jungs schienen Spaß gehabt zu haben. Als Stark am nächsten Morgen kurz vor sieben Uhr nach Hause kam, war im Wohnzimmer eine riesige Carrerabahn aufgebaut.

Autos lagen herum, Stoppuhren, um die beste Zeit zu messen, Zettel, auf denen spektakuläre Siege und dramatische Niederlagen vermerkt worden waren. Die ganze Welt der Formel 1 *en miniature*. Einer der Akteure, Kollege Till Ritter, lag wie ein gefällter Baum ausgestreckt am Boden und schlief tief und fest. Der andere, Sebastian, schlief auf der Couch zusammengerollt und hatte noch den Lorbeerkranz des Champions um den Hals.

Stark lächelte. Vorsichtig, um nicht auf Autos und Schienen zu treten, tappte er zu dem Jungen und weckte ihn behutsam mit einem Kuss auf die Stirn.

Sebastian schlug die Augen auf.

»Na?«, erkundigte sich Stark. »War's schön?«

»Super«, antwortete der Junge. »Ich bin Weltmeister!«

»Gratuliere.« Stark gab ihm die Hand und half ihm hoch. »Okay, gleich anziehen, Zähne putzen, wir müssen los, ist schon spät.«

Ritter kam auch so allmählich wieder zu sich und streckte sich ausgiebig. Sebastian stieg über ihn rüber und ging ins Bad.

»Also, ich hab noch mal nachgedacht«, kam Ritter etwas schlaftrunken zur Sache und befühlte sich den Mund. Die Lippen waren recht trocken, und er konnte einen Kaffee gebrauchen. Aber zuvor musste er seinen Gedanken zu Ende formulieren. Sonst vergaß er das noch.

»Der Typ, der bei Frau Francke ums Haus geschlichen ist … Der mir abgehauen ist …«

»… ist Manfred Bohrmann«, nickte Stark und stoppte seinen Sohn, der gerade eine bekannte Flasche zum Zähneputzen mitnehmen wollte. »Und die Cola bleibt hier!«

»Wie kommst'n da drauf?« Ritter richtete sich ächzend auf.

»Hier!« Stark zeigte ihm den gelben Mond vom Vorabend. »Diese Spieluhr war in der Kiste, die der geheimnisvolle Fremde gestern bei Frau Francke vor die Tür gelegt hat. Und die gehört«, er machte eine Kunstpause, »Anna Bohrmann.«

Ritter besah sich nachdenklich den Mond. Morgens war er im Denken noch nicht so gut.

»Warum macht der das?«, half ihm Stark auf die Sprünge. »Aus Mitleid? – Und warum heimlich?«

»Der Francke war gar nicht gemeint.« Jetzt hatte es Ritter.

»Eben«, nickte Stark.

»Bohrmann hat den Stein auf das Auto geworfen.« Ritter nahm seine Schlangenlederstiefel und zog sie sich an. »Und nicht gesehen, wer drinsitzt.« Er prüfte, ob die Stiefel richtig saßen. Wie immer perfekt. »Und das zweite Mal hat es geklappt.« Er sah Stark an. »Und jetzt hat er ein schlechtes Gewissen. Jetzt versucht er, bei der Witwe wieder was gutzumachen.«

»Was ist mit den Alibis?«

»Der war 'ne Runde joggen mit seinem Nachbarn. Da war er ganz schnell wieder zurück an der Brücke.«

Zumal ja die Joggingstrecke genau darüberführt, dachte Stark.

»Und beim zweiten Mal auf der Zulassungsstelle, da hat er so einen Zinnober veranstaltet, dass die ihn da so schnell nicht vergessen würden.« Ritter steckte sich das Hemd in die Hose. »Ist übrigens ein uralter Trick.«

Die haben ja auch herrlich lange Wartezeiten da, überlegte Stark. Da kann man sich ‘ne Wartemarke ziehen und erst mal alle anderen Besorgungen erledigen, bevor man sich wieder in den Warteraum setzt und auf seine Nummer wartet. Trotzdem hatte er noch Zweifel, denn:

»Bohrmann konnte doch gar nicht sicher sein, ob er die Kinder überhaupt kriegt.« Er bemerkte, dass Sebastian neugierig lauschte. »Packst du deinen Turnbeutel? Heute ist Sport!«

»Ja.« Sebastian ging aus dem Zimmer, aber bestimmt hörte er vom Flur aus weiter zu, sonst hätte er länger diskutiert.

»Na ja, nicht hundertprozentig«, sagte Ritter. »Aber bevor das Jugendamt Kinder ins Heim steckt, da überprüfen die doch erst mal die familiäre Situation.« Er nahm seine Lederjacke. »Und dass er ein guter Vater ist, das haben die doch nie bestritten.«

»Wahnsinn!« Stark erhob sich von der Couch. »Der bringt seine Frau um, um an die Kinder zu kommen ...« Er lief kopfschüttelnd in die Küche.

»Ich mach Basti noch schnell ‘ne Stulle, und dann gehen wir los.«

***

War es so?

Schweigend saßen die Kommissare im Auto. Sie brachten Sebastian in die Königin-Luise-Straße zur Schule und fuhren dann die Grunewaldstraße nach Steglitz hinunter.

Konnte man zum Mörder werden, der Kinder wegen? Ging das so weit? Menschen wurden zu Mördern wegen Geld, Eifersucht, irgendwelcher Kleinigkeiten. Und Kinder waren keine Kleinigkeit.

Am Kreisel hoch ging es in die Albrechtstraße hinein und dann immer geradeaus, über die Bismarckstraße und den Steglitzer Damm. An der nächsten Tankstelle links und hintenrum an den Insulaner heran.

Stark stoppte den Wagen vor Bohrmanns Haus. Die Kommissare klingelten, aber es machte niemand auf.

Was war los? Ahnte Bohrmann etwas?

»Quatsch«, sagte Ritter, »der bringt auch seine Kinder zur Schule!«

***

Es war immer das Gleiche. Die Leute konnten direkt um die Ecke wohnen, sie ließen sich nicht davon abhalten, ihre Kinder mit dem Auto zu Schule zu bringen. Die Kleinen könnten ja sonst unter die Räder geraten.

Die Folge war, dass die Zufahrtsstraßen an den Schulen morgens immer restlos verstopft waren. Da wurde dann gehupt und gestikuliert, manch hektischem Vater platzte der Kragen, und dann wurde geflucht und gepöbelt. Der ganz normale alltägliche Wahnsinn eben.

Entnervt ließen die Kommissare ihren Wagen stehen und liefen die letzten Meter zur Elisabeth-Schule.

Bohrmann stand vor dem Portal zum Hof und verabschiedete sich vom achtjährigen Lukas und der sechsjährigen Anna.

»So! Und um eins hole ich euch ab, und dann geht's …«

»In den Zoo«, krähte die kleine Anna.

»Genau!« Bohrmann strahlte wie seine Kinder.

Ritter wollte schon zu ihm, doch Stark hielt ihn zurück:

»Lass ihn mal! Zwei Minuten. Das ist das letzte Mal.«

Also warteten sie.

Was ein Fehler war, denn als Bohrmann die Kommissare auf der Straße stehen sah, schien er zu ahnen, dass die Sache gelaufen war.

»Kommt!« Er nahm die Kinder bei den Händen. »Ich bring euch mal rein«, und verschwand mit ihnen im Schulgebäude.

»Verdammt noch mal.« Ritter reckte den Hals. »Was hat der vor?«

»Ich geh hintenrum«, sagte Stark und rannte los.

Ritter nahm den Haupteingang und versuchte, Bohrmann und dessen Kindern zu folgen, was gar nicht so einfach war, so kurz vor Unterrichtsbeginn. Überall quollen Kinder aus Treppenhäusern und Fluren, bepackt mit Ranzen und Schultaschen und, wie jeden Morgen, besonders aufgeregt.

Und wo war Bohrmann? Ritter sah sich unruhig um. In der Nähe zur Aula entdeckte er ihn. Und noch immer hatte er seine Kinder fest an beiden Händen.

»Wisst ihr was?«, sagte er und zog die Kinder zum hinteren Treppenhaus. »Ich hab eine Idee: Wir gehen jetzt gleich in den Zoo, jetzt sofort.«

»Aber der Unterricht fängt doch gleich an«, erwiderte Lukas.

»Ach«, winkte Bohrmann ab, »das ist doch ganz egal. Da machen wir heute einfach mal eine Ausnahme.«

»Ich hab doch Schwimmen«, wandte die kleine Anna ein, »ich mache mein Seepferdchen.«

»Ach, das kannst du nachholen.« Doch statt zum Ausgang zerrte Bohrmann seine Kinder die Treppen hoch. »Los, hier lang! Wir müssen uns verstecken, bis der Unterricht angefangen hat.«

Von hinten kam Stark heran und blickte sich suchend um.

Oben, signalisierte ihm Ritter über die Köpfe laut schnatternder Schülergruppen hinweg, »der ist da hoch!«

Immer zwei Stufen auf einmal nehmend lief Stark die Treppen rauf.

Ritter folgte ihm und kämpfte sich durch Pulks entgegenkommender Schüler und Lehrer.

Inzwischen bemerkten sogar Bohrmanns Kinder, dass hier etwas absolut nicht in Ordnung war. Sie spürten die Aufregung ihres Vaters und begannen, sich zu fürchten.

»Ich will das nicht«, begann Lukas zu jammern.

»Du musst keine Angst haben«, keuchte Bohrmann atemlos, »das ist schon okay.« Inzwischen hatten sie das oberste Stockwerk des Schulgebäudes erreicht, und er zerrte seine Kinder einen endlos scheinenden Gang entlang. »Kommt, Kinder, kommt!«

»Papa«, rief die kleine Anna atemlos, »ich kann nicht mehr.«

Bohrmann blieb kurz stehen, nahm seine Tochter auf den Arm, sagte: »Los, komm!«, und lief weiter.

Endlich hatten auch die Kommissare das Obergeschoss erreicht. Außer Atem rannten sie Bohrmann nach.

»Stehen bleiben«, rief Ritter, »Polizei!« Es war aussichtslos. Die Dienstpistole konnte er nicht ziehen. Das würde Bohrmanns Kinder gefährden und auch alle übrigen Schüler hier. Und schon wieder steckten die Kommissare in einer grölenden Gruppe von Jugendlichen fest, die keine Ahnung hatten, was hier eigentlich vorging.

»Verdammt! Lasst uns durch!«

Hinten hatte Bohrmann inzwischen die Feuerfluchtluke aufs Schuldach gefunden und hob seine Kinder hinaus. »Los! Hier rauf!«

Scheiße, dachte Stark entsetzt, was hat der Kerl vor?

»Papa«, jammerte die kleine Anna, als sie über das teilweise noch mit Schnee bedeckte Flachdach gezogen wurde, »ich hab Angst!« Lukas war bleich geworden. Sein Vater trieb ihn auf eine rostige Feuerstiege zu, die noch weiter nach oben, auf das Dach der Aula, führte.

»Schnell über die Leiter!« Er hob Anna hoch, kletterte ihr nach.

»Herr Bohrmann!« Stark rannte, so schnell er konnte. Und er hatte Angst. Angst davor, dass hier gleich etwas ganz Furchtbares geschehen würde. Gott, betete er innerlich, lass den Kindern nichts geschehen. Lass den Bohrmann zur Vernunft kommen und uns das hier unblutig beenden.

Stark konnte es nicht fassen. »Oh Gott! Herr Bohrmann!«

Der hatte die Dachkante erreicht, zog die Kinder an

sich und stellte sich mit ihnen auf die Brüstung. Unter ihnen ging es zwanzig, dreißig Meter in die Tiefe. So einen Sturz überlebt kein Mensch.

Stark zwang sich zur Ruhe und machte eine beschwichtigende Handbewegung. Von hinten kam Ritter heran und hob ebenfalls die Hände, so wie sie es bei ihren Deeskalationskursen immer und immer wieder trainiert hatten.

»Herr Bohrmann ...«, versuchte es Stark noch mal ganz ruhig, doch der ließ ihn nicht zu Wort kommen.

»Bleiben Sie stehen!«

»Herr Bohrmann«, versicherte Stark ruhig und eindringlich, »ich weiß: Wenn einem die Kinder weggenommen werden sollen – das ist das Schlimmste.«

»Und das wird nicht noch mal passieren«, keuchte Bohrmann und drohte: »Keinen Schritt weiter!«

Ein eiskalter Wind wehte über die Dächer. Von irgendwoher hörte man Sirenen.

Herrgott, dachte Stark angespannt, könnten die Kollegen vielleicht einfach ihre Tröten ausschalten – der Bohrmann verliert hier sonst die Nerven!

»Herr Bohrmann, ich bin auch Vater«, begann er erneut, ruhig auf den verzweifelten Mann einzureden. »Ich weiß ganz genau, was in Ihnen vorgeht. Mein Sohn ist genauso alt wie Ihr Lukas. Ich hab den alleine erzogen. Meine Exfrau hat uns früh verlassen. Wissen Sie«, seine Stimme wurde lauter, und er spürte, wie er zitterte, »ich kann genau verstehen, wie das ist, wenn man dann nicht mehr schlafen kann. Weil man so wütend ist, weil man so in ohnmächtiger Wut ins Bett geht und mit derselben Wut wieder aufwacht!«

Der Junge spürte, dass seinem Vater der Jackenärmel entglitt, an dem er ihn gepackt hatte. Bevor Bohrmann fester zugreifen konnte, nutzte das Kind die Gelegenheit und riss sich los.

»Lukas!«, zischte Bohrmann. Doch der Junge wollte leben und flüchtete sich in Ritters Arme. Der tröstete ihn behutsam, während Stark Bohrmann nicht aus den Augen ließ und langsam weitersprach.

»Sie sind ein guter Vater, und Ihnen ist – genau wie mir – Unrecht geschehen.«

Die kleine Anna, die von Bohrmann fest umklammert wurde, fing leise an zu weinen.

»Aber das da«, wurde Stark lauter, und seine Stimme zitterte, »ist Ihr Kind!«

Die Sache ging ihm an die Nieren. So sehr, dass ihm die Tränen kamen, denn er hatte Angst um die Kleine. Schreckliche Angst.

»Das können Sie doch nicht«, rief er verzweifelt, »da runterschmeißen!«

»Papa«, wimmerte die kleine Anna, »ich hab Angst ...«

Die Kleine konnte doch nichts dafür. Die war doch noch ganz unschuldig. Bittend streckte Stark die Arme nach dem Mädchen aus und ging vorsichtig einen Schritt auf Bohrmann zu.

Bohrmann nahm das Kind ganz fest in den Arm. Er drückte es an sich und gab ihm einen Kuss auf die Stirn.

»Geh«, sagte er leise, »geh!« Dann ließ er das Mädchen los.

Stark fiel ein ganzes Felsengebirge vom Herzen, und er holte erleichtert Luft.

Inzwischen hatten zwei uniformierte Polizistinnen das Dach erreicht, die die Kinder in Empfang nehmen konnten. Behutsam führten sie sie zurück ins Schulgebäude, bevor sie mit ansehen mussten, wie ihr Vater in den Tod sprang.

»Kümmern Sie sich um meine Kinder«, sagte Bohrmann ruhig und trat direkt an die Dachkante.

Tief unter ihm sperrten Polizisten das Terrain ab, schoben gaffende Schüler und Lehrer zurück.

»Bitte.« Bohrmann sah die Kommissare flehend an.

»Was ist das jetzt?«, fragte Stark und atmete tief durch. »Wollen Sie sich aus der Verantwortung ziehen, ja?«

Bohrmann sah in die Tiefe, und Stark wurde langsam sauer:

»Das können Sie machen«, sagte er mit noch immer zitternder Stimme und wandte sich demonstrativ ab. »Das ist uns scheißegal!«

Bohrmann sah ihn irritiert an.

»Aber denken sie mal dran, ja?« Stark drehte sich ihm wieder zu. »Wenn Ihre Kinder vor dem Grab beider Eltern stehen. Sie sind immer noch der Vater!«

»Ein Vater, der die nächsten zehn Jahre im Gefängnis sitzt«, erwiderte Bohrmann. »Wie soll ich ihnen denn jemals erklären, dass ich ihre Mutter umgebracht habe?«

»Das ist Selbstmitleid«, erklärte Stark und winkte ab. Er kannte das alles, diese verletzten Gefühle, wenn einem die Frau die Kinder wegnehmen wollte, diese Anschuldigungen, der Angriff auf das Selbstwertgefühl und die Zweifel daraus. Er kannte die Abende, allein, an denen einem alles wehtat. Weil die Welt so ungerecht war. Weil sich alles gegen einen stellte. Und dann tat man sich leid. Und träumte von Rache.

Wenn er den Bohrmann lebend von Dach bekommen wollte, musste er genau da ansetzen. Dieses alles zerstörende Rachegefühl entlarven. Ihn provozieren, ihm klarmachen, dass man Bescheid wusste und dass das ganz klein und mies war, was er da vorhatte. Er musste ihn bei seiner Ehre packen.

»Aus Selbstmitleid machen Sie alles, ja? – Aus Selbstmitleid haben Sie Ihre Frau umgebracht«, sagte er verächtlich, »Ihre eigene Frau!«

»Sie begreifen überhaupt nichts«, widersprach Bohrmann, doch Stark legte noch einen drauf und erinnerte ihn an das Leid, das er anderen zugefügt hatte.

»Aus Selbstmitleid haben Sie Ihren Nachbarn umgebracht«, sagte er, »und seine mit Zwillingen schwangere junge Frau zur Witwe gemacht.«

Damit hatte er ihn.

»Du hast ja keine Ahnung!«, rief Bohrmann außer sich und stürzte sich auf ihn. »Du Scheißbulle!«

»Schluss jetzt, aus!« Ritter ging dazwischen, packte Bohrmann und drehte ihm geübt die Arme auf den Rücken. »Aus, aus, aus!«

Und dann war es vorbei. Keine Toten. Kein Blut. Dieser Kerl da oben hatte ihn doch gehört und sich für die weniger schlimme Variante entschieden. Denn die Kinder lebten und ihr Vater auch.

»Puh«, machte Stark und atmete durch. Er war völlig fertig.

Epilog

Bohrmann wurde von uniformierten Polizisten nach unten gebracht und zu einem Streifenwagen geführt, der vor dem Schulgebäude wartete und ihn in die Untersuchungshaftanstalt Moabit bringen sollte. Er trug Handschellen. Und deshalb hob sich, als er seinen Kindern mit der rechten Hand zaghaft zuwinken wollte, die linke mit hoch.

Es war ein Abschied für lange Zeit. Das war ihm klar. Ob ihm seine Kinder je verzeihen würden? Ob er sich selbst verzeihen würde?

Die Polizisten setzten ihn in den Wagen, schlossen die Türen. Und als sich das Auto in Bewegung setzte, winkten Lukas und die kleine Anna verstohlen ihrem Papa nach.

»Was wird jetzt mit den Kindern?«

»Die kommen in ein Heim«, vermutete Stark, »so was soll's noch geben.«

Die Kommissare saßen nebeneinander auf der Brüstung des Schuldaches und sahen nachdenklich über die Stadt. Die Sonne schien, und es würde ein schöner Tag werden. Mild, fast wie Frühling.

»Haben wir jetzt was richtig gemacht«, fragte Ritter, »oder falsch?«

»Richtig?« Stark zuckte mit den Schultern. »Falsch?« Woher sollte er das wissen? Sie hatten wie immer ihren Job gemacht. Comiczeichner hätte man werden sollen.

»Richtig ist, dass ich heute Nachmittag Sebastian von der Schule abholen werde.«

Das Erste

WDR

Martin Schüller
DAS EWIG BÖSE
Kriminalroman nach der gleichnamigen
ARD-Serie »Tatort«

Agentur: WDR mediagroup licensing GmbH
Nach dem Tatort-Krimi von Rainer Matsutani
Broschur, 160 Seiten
ISBN 978-3-89705-748-7

WDR

Martin Schüller
DAS PHANTOM
Kriminalroman nach der gleichnamigen
ARD-Serie »Tatort«

Agentur: WDR mediagroup licensing GmbH
Nach dem Tatort-Krimi von Norbert Ehry
Broschur, 160 Seiten
ISBN 978-3-89705-747-0

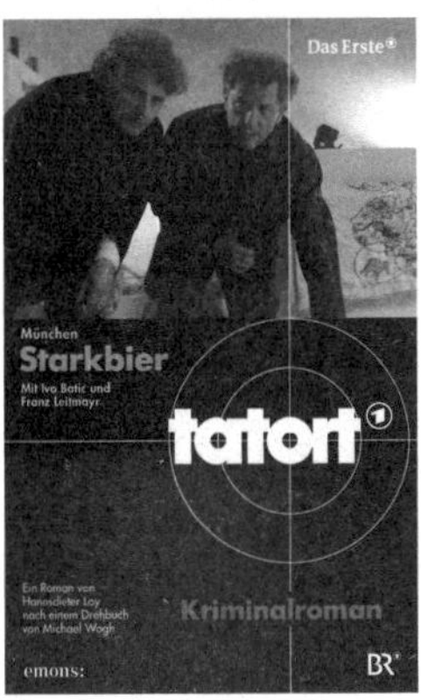

BR

Hannsdieter Loy
STARKBIER
Kriminalroman nach der gleichnamigen
ARD-Serie »Tatort«

Agentur: WDR mediagroup licensing GmbH
Nach dem Tatort-Krimi von Michael Wogh
Broschur, 176 Seiten
ISBN 978-3-89705-743-2